中共清水河县委宣传部
清水河县文学艺术界联合会 编

印象
老牛湾

远方出版社
·呼和浩特·

☆ 烽韵舟影 ☆

☆ 城河相拥 ☆

☆ 大禹观河 ☆

☆ 苍鳄伏波 ☆

☆ 留香胜境 ☆

☆ 玉练回环 ☆

☆ 镜波沉翠 ☆

☆ 谷痕诗韵 ☆

☆ 河韵仙风 ☆

☆ 仙人指路 ☆

☆ 老君开河 ☆

☆ 峡谷年轮 ☆

7

☆ 神狮护水 ☆

☆ 水映古垣 ☆

8

☆ 早春探河 ☆

☆ 雪漫峡谷 ☆

☆ 望河楼 ☆

☆ 素蛟探渊 ☆

☆ 河骨雕痕 ☆

☆ 冰肤凝寒 ☆

☆ 大河之眼 ☆

☆ 波影跃行 ☆

☆ 步步登高 ☆

☆ 太极无限 ☆

☆ 黄河人家 ☆

☆ 雪舞北疆 ☆

编委会

主　　编　邢永晟

编　　委　韩宇宏　李　巨　张瑞秀
　　　　　　　李　洁　樊三毛

摄　　影　贺广生

油画插图　赵　福

题字篆刻　杨德明

序

黄河，中华民族的母亲河，从青藏高原的涓涓细流起步，一路汇聚百川，浩浩荡荡奔涌而来，滋养着两岸的生灵，孕育了灿烂辉煌的中华文明。黄河流经清水河县喇嘛湾、宏河、窑沟、老牛湾4个乡镇，全程65千米。进入蒙晋陕大峡谷，悬崖峭壁对峙，黄河汹涌澎湃，勾勒出震撼的景观。

"山川之美，古来共谈。"黄河在蒙晋交界的老牛湾陡然转弯，成就千古盛景，在万家寨发电站大坝阻拦下形成高峡出平湖的景观，明代万里长城与黄河在此相拥。《印象》这部作品集是众多创作者用深情的文字勾勒的老牛湾画卷，承载着对这片土地的情感与思索。

踏入老牛湾，仿若踏入了世外桃源，风光旖旎，景色迷人，处处洋溢着大自然鬼斧神工的韵味。河水清冽透明，宛如一面澄澈的镜子，将青山绿树和蓝天白云倒映其中，虚实相生，美得摄人心魄。微风轻拂，河面泛起层层涟漪，波光粼粼，细碎的银光在水面跳跃闪烁，为这幅宁静的山水画卷增添了几分活泼与灵动。环顾四周，群山连绵起伏，峰峦叠嶂，与平静的河水形成刚柔并济之势。乘船悠然前行，仿佛置身于梦幻仙境，身心都沉浸在这宁静悠远的氛围里，思绪也随之飘远。

老牛湾的历史，可追溯至遥远的古代，宛如一部宏大的史书，见证了中华民族的兴衰荣辱，承载着无数珍贵的历史记忆。长城，无疑是老牛湾最醒目的历史符号，始建于明朝，数百年来默默守护着这片土地。除了雄伟的长城，老牛湾还有众多古老的建筑和遗迹。古渡口，作为老牛湾与外界联系沟通的重要通道，曾经是商贾汇聚、船只穿梭如织的繁华之地。乾隆嘉庆往后，老牛湾已演变成以水运为生的聚居地，农业生产因人丁日益繁多，土地逐渐减少以致收入微薄，逐渐退居次位，跑河路成为百姓的主要营生。一些榨油、制酒、制香以及卖百货的作坊、商号纷纷出现。在过去的悠悠岁月中，数不清的货物经由这个渡口被运往黄河流域的各个角落，老牛湾也由此成为黄河流域关键的商贸集聚地。那时的渡口，热闹非凡，人流如织，吆喝声、讨价还价声交织在一起，呈现出一片繁荣景象。如今，古渡口不再如往昔那般忙碌，但流传下来的故事，依旧能让人体悟到历史的深沉与沧桑。

　　老牛湾的魅力，还在于它那质朴纯真的人文风情。这里的村民，世世代代在这片土地上繁衍生息，与黄河朝夕相伴，与长城为邻，在长期的生活实践中，形成了独特的生活方式和丰富多彩的文化传统。在这里，人与人之间的相处简单而纯粹，没有丝毫虚情假意。待人接物时，人们总是带着发自内心的真诚与热情，无论是对远道而来的游客，还是周围的邻里乡亲，都一视同仁，让人如沐春风。他们勤劳坚韧，世世代代在这片土地上辛勤耕耘，无论面对怎样恶劣的自然条件，都从未有过抱怨与退缩，凭借着顽强的毅力和勤劳的双手维持生计，守护着这片家园。

　　老牛湾的饮食文化也别具特色，充满了浓郁的地方风味。酸米饭，作为当地的传统美食，口感独特，酸香可口，是村民们餐桌上的常客；油炸糕色泽金黄，外酥里嫩，香甜软糯，每逢重要节日或喜庆日子，村民们都会制作油炸糕，用来招待亲朋好友，表达喜悦之情。这些美食不仅满足了人们的味蕾，更承载着老牛湾村民对家乡深深的眷恋和对美好生活的向往。

老牛湾的民间艺术同样独具魅力,令人拍案叫绝。剪纸、刺绣、面塑等民间手工艺在老牛湾广为流传。这些手工艺品,大多以老牛湾的自然风光、历史文化、民俗文化为创作题材,造型优美,寓意深刻。剪纸艺人只需一把小小的剪刀,就能在一张普通的彩纸上剪出栩栩如生的动物、人物和花卉,每一个图案都饱含着创作者对生活的热爱和对美好未来的憧憬。刺绣艺人则用五彩的丝线,在布上精心绣出一幅幅精美的图案,针法细腻,色彩鲜艳,将老牛湾的美景和生活场景生动地呈现在人们眼前。面塑艺人更是心灵手巧,他们用面团塑造出各种形态逼真的造型,无论是可爱的小动物,还是神话传说中的人物形象,都被塑造得惟妙惟肖,让人叹为观止。这些民间艺术不仅是老牛湾村民智慧的结晶,更是中华民族传统文化的瑰宝。

老牛湾,不论是迷人的自然风光,还是悠久的历史文化;不论是宁静的古村落,还是勤劳的村民,皆为艺术创作提供了无穷无尽的灵感源泉,吸引着众多文艺创作者来寻觅灵感,成为令他们魂牵梦萦之地,激发着连绵不绝的创作热情。

在这部文学作品集中,散文家们以细腻入微的笔触,将老牛湾的四季美景和乡村生活娓娓道来。他们或是悠然漫步在黄河岸边,静静感受着河水的奔腾与咆哮,倾听黄河讲述古老的故事;或是穿梭在古老的村落中,轻轻抚摸着光阴刻下的痕迹,品味着岁月的沧桑与宁静。他们用文字如实地记录下了自己在老牛湾的所见、所闻、所感,让读者身临其境,一同领略老牛湾的独特魅力。诗人则以灵动的诗句,尽情抒发着对老牛湾的热爱与赞美之情。他们从黄河的波澜壮阔中汲取灵感,从长城的雄伟壮丽中感悟历史的厚重,从村民的质朴生活中发现美好与温暖。他们的诗歌,有的激昂澎湃,如黄河之水奔涌而出,表达对老牛湾自然景观的惊叹与赞美;

有的婉约细腻，似山间潺潺溪流，诉说着对老牛湾人文风情的深情眷恋，字里行间都流淌着对这片土地深深的热爱与敬畏。

《印象》这部文学作品集，是众多文学创作者对黄河以及老牛湾的一次深情告白，是他们用文字凝聚而成的对这片土地的礼赞。全书分为五个章节。"峡幽镜澜"，甄选描绘黄河及老牛湾自然风光的佳作，让读者身临其境，沉醉于山川的钟灵毓秀。"岁月辙印"，收录了深入挖掘黄河及老牛湾历史文化的篇章，带领读者穿越岁月长河，探寻往昔的璀璨与沧桑。"桑梓绮怀"，汇聚展现黄河及老牛湾人文风情的妙笔文章，全方位呈现当地独特的民俗与百姓的烟火日常。"心影逸思"，集结了满溢着乡土气息的诗歌，字里行间饱含创作者对黄河及老牛湾的眷恋与热爱。"乡音清韵"，收纳极具本土特色的歌词，或激昂或婉转，吟唱着黄河及老牛湾的动人故事。

这部文学作品集，全方位、多角度地展现了老牛湾的自然之美、历史之厚、人文之盛，更蕴含着创作者们对这片土地深沉的热爱与敬畏。衷心祈愿借这部文学作品集，能让更多游客知晓老牛湾、走进老牛湾，领略它独一无二的魅力。让老牛湾的故事，在文学的广袤天地中世代流传，化作人们心底永不褪色的美好记忆，让这片神奇的土地焕发出更加耀眼的光芒。

编　者

2025 年 3 月 7 日

目 录

峡幽镜澜

张瑞秀	寻梦老牛湾	...003
杨玉明	友人同游黄河湾	...007
董金堂	漫赏峡谷好风光	...011
边俊杰	滔滔黄河入画来	...015
秦翻花	最美不过老牛湾	...020
	与家人的心灵之旅	...025
李 军	邂逅塞上桃花源	...029
张成亮	神牛开河的地方	...032

郝世裕	乡情萦绕黄河边 ...035
肖引丰	来吧，老牛湾 ...038
姜俊兰	传说与美景交织的地方 ...041
高　锦	峡谷寻幽心自闲 ...044
王东麟	大美老牛湾 ...048

岁月辙印

邢永晟	黄河寻脉 ...053
孙虎原	三下老牛湾 ...067
白文宇	黄河长城的浪漫之约 ...075
李　洁	灵魂深处的诗与远方 ...080
	黄河流过侯家圪洞 ...084
张瑞秀	风景这边独好 ...089
	黄河岸边柳青河 ...093
董金堂	黄河之美醉峡谷 ...096

贺　荣	醉在黄河的一湾风月里 ...099
张　军	与黄河的情结 ...103
张俊清	黄河湾里诗意长 ...109
秦翻花	醉美老牛湾 ...112
吴　静	老牛湾石韵 ...115
王永平	记忆深处的美 ...118
高仝才	长城黄河共此湾 ...121

桑梓绮怀

李　巨	浪遏飞舟黄河行 ...125
杨东升	枕梦山河 ...129
张瑞秀	大河之恋 ...132 老牛湾里寻乡愁 ...136
董金堂	眺望母亲河 ...139

| 何　晓 | 塞北老牛湾　　　...143 |

| 乔俊华 | 老家的长豆面　　...146 |
| | 难忘老屋　　　　...149 |

| 张成亮 | 海红映乡情　　　...152 |

| 孙虎原 | 糕香四溢　　　　...155 |
| | 老街老巷老豆腐　...160 |

李　洁	炖羊肉暖透漫长岁月　...167
	舌尖上的酸香　　...170
	荞面圪团儿羊肉汤　...173
	骡驮轿娶亲的幸福回响　...176

| 牛何如 | 醉人的酸米饭　　...179 |

| 高　锦 | 黄河畔米醋香千年　...182 |

| 张俊清 | 家乡山茶香　　　...185 |

| 云春梅 | 地皮菜的记忆　　...187 |

心影逸思

刘海豹	有风吹过老牛湾 ...193
	一头牛守着一条河流 ...195
	老牛湾记事（组诗）...197

李 巨	从水纹石里读黄河 ...202
	黄河边上，那个人 ...205
	天下黄河 ...208
	鎏金的黄河 ...210
	落日·黄河 ...212

| 秦 勇 | 老牛湾黄河大峡谷景观（组诗）...214 |

| 杜全生 | 老牛湾叙事（组诗）...217 |

| 赵喜报 | 走进老牛湾 ...223 |

| 李劲梓 | 老牛湾颂歌 ...225 |
| | 老牛湾咏叹 ...227 |

| 杨玉明 | 坐在老牛湾广场的石板上 ...229 |
| | 老牛湾游记 ...232 |

雨　萱	老牛湾，你的风韵依然	...234
	这风	...236
姜俊兰	封冻前的黄河	...238
董　韬	船过老牛湾	...241
郝世裕	一条河，一个湾	...243
张　军	黄河行	...245
杨东升	这条大河	...247
刘赞功	一湾风情老牛湾	...249
	老牛湾，那立于天地间的山与水	...251
	清水河，黄河畔的璀璨明珠	...254
王利平	自从有了你	...256
曹召炜	神奇老牛湾	...258
	守护母亲河	...261
曹春燕	老牛湾，走向未来	...264
樊三毛	非去不可的老牛湾	...266
高尚儒	老牛湾的悟	...268

| 康志珍 | 老牛湾的守望 ...270 |
| 张　健 | 我们终将见证老牛湾明天的光芒 ...272 |

乡音清韵

| 杨东升 | 黄河母亲 ...277
我的母亲我的河 ...279
看上一眼老牛湾 ...281
我是长城骨血里的温柔 ...283
清水河之恋 ...285 |

| 刘海豹 | 火红的日子舞起来 ...287
你是我心中最美的河 ...289 |

| 李　巨 | 老牛湾之歌 ...291
家乡清水河 ...293
老牛坡之歌 ...295
高茂泉哟好风光 ...297 |

| 董金堂 | 浑河岸边是我家 ...299 |

| 杨玉明 | 老牛湾欢歌 ...301 |

| 李劲梓 | 岁月的歌 ...303 |

| 张瑞秀 | 半亩方塘 ....305 |
| | 你好，清水河 ....307 |

董　韬　　我爱清水河的美 310

吕青沄　　黄河岸边是家乡 313
　　　　　最美的歌儿唱给家乡 315

边俊杰　　大美老牛湾 317

李　洁　　清水河畔唱新歌 319

樊三毛　　清水河，我的眷恋 321

刘赞功　　清水河恋歌 324

姜俊兰　　小城最美丽 326

常美兰　　山乡新韵 328

　　　　　后记　　....330

峡幽镜澜

印象老牛湾

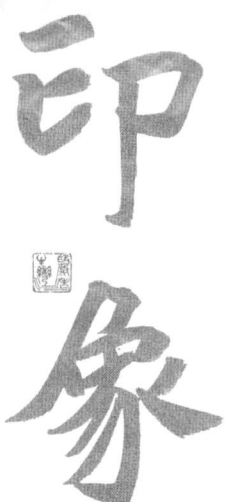

> **张瑞秀** 清水河县作家协会主席，就职于清水河县交通运输局。近几年撰写了大量散文作品，在各类平台及刊物上发表，多次获清水河县文化艺术成果长城奖。

寻梦老牛湾

在沿黄河公路的漫漫行程中，我像一位虔诚的朝圣者，于山水之间，邂逅无数触动心灵的景致。禹门口扼守黄河天险，如历史的忠实守望者，见证岁月的沧桑变迁，在滔滔黄河水的映衬下，尽显一夫当关万夫莫开的豪迈气势；壶口瀑布澎湃激昂，是大地奏响的雄浑乐章，让我领略到大自然的磅礴伟力；碛口古镇古韵悠悠，似一本厚重的史书，诉说着黄河商贸的传奇故事，让人沉浸在往昔的繁华旧梦之中。然而，在众多的黄河胜景里，有一个地方，却以一种独特而静谧的姿态，悄然占据了我内心最柔软的角落，那便是老牛湾。

当我的双脚踏上老牛湾这片神奇的土地，神牛犁河的古老传说，便似一阵轻柔的山风，悠悠地在耳畔萦绕。相传远古时，太上老君赶着力大无穷的神牛，在这汪洋大地上奋力耕河，疏通河道。神牛每落下一步，都让大地为之震颤，最终犁出了这蜿蜒曲折、气势恢宏的河湾。闭目遐想，仿佛能看到神牛那矫健的身姿，在遥远的岁月里，与自然的力量抗衡，每一次发力都踏出历史的厚重感，每一记足印都承载着时光的深沉记忆。这个充满奇幻色彩的传说，如同一层神秘的薄纱，轻轻覆盖在老牛湾之上，为其增添了无尽的神秘韵味，撩拨着人们心底对未知的向往与好奇。

站在广场边缘、黄河之畔，极目远眺，便能看到长城与黄河在这片古老大地上交会相拥。长城犹如一条蜿蜒的巨龙，盘踞于山峦之间，尽显雄浑与沧桑；黄河则似一条奔腾不息的丝带，从天际蜿蜒而来，带着磅礴的气势。一刚一柔，一个是人类智慧与坚韧的象征，一个是大自然鬼斧神工的杰作，它们的交融，仿佛是一场跨越时空的对话，凝练出一种震撼人心的独特美感。长城上古老的烽火台，虽历经风雨的侵蚀，却依旧顽强地挺立着，见证着朝代的更迭、岁月的变迁；黄河的滔滔流水，从远古奔腾而来，裹挟着历史的尘埃与记忆，滋养着这片广袤的土地。

黄河流经老牛湾，往昔的汹涌澎湃悄然退去，化作一条温婉的玉带，于山川间轻盈蜿蜒，尽显柔情。河水碧绿，仿若大地深邃迷人的眼眸，静静凝视着世间风云变幻。那抹醉人的绿色，仿佛是大自然用最纯净的颜料精心调配而成，绿得澄澈纯粹，绿得摄人心魄，让人不禁为这一抹纯净的色彩而惊叹。

黄河，这位孕育了中华民族的伟大母亲，于峡谷温暖的怀抱中奔腾向前，永不停歇。峡谷是她最忠实的见证者，目睹她的万千气象。丰水期的黄河，浩浩荡荡，一泻千里，尽显豪迈的磅礴气势；而枯水期的她，流水潺潺，宛如低吟浅唱，透着内敛与宁静。

冬日的老牛湾，黄河水面不再奔腾，取而代之的是一片广袤无垠的冰封世界。冰层厚重而晶莹，似片片龙鳞紧密相连，整齐排列，在阳光下闪烁着清冷的光芒，如天然冰玉画卷，独特的壮美景观连峡谷也为之动容；当春天的脚步悄然临近，气温渐渐回升，坚冰消融，冰块相互碰撞顺流而下，隆隆声响似激昂的春之乐章，气势磅礴，这般壮观场面，同样让峡谷为之倾心。

岁月悠悠，黄河的每一次改道、每一次水势的涨落，都在峡谷的眼中留下了深刻的印记，成为一部记录岁月更迭的鲜活史书。黄河大峡谷的十二景，饱经风雨洗礼，无疑也是岁月镌刻的稀世杰作。"神龟增寿"一景，恰似一只大神龟稳稳驮着小神龟，憨态可掬。其所在石壁纹理纵横交错，仿若岁月以细腻的笔触精心雕琢出的皱纹，每一道都在无声地诉说着不为人知的故事。再看"禹开九州"，那石壁仿若被上古神斧轰然劈开，裂痕深浅不一，却又错落得别具韵味，仿佛能看到当年大禹治水时气吞山河的磅礴气势，洪流在他的疏导下驯服归位，尽显英雄的伟大力量。目光移至"神牛回眸"，这处景观的石壁上，某一处褶皱或许正隐匿着远古先民在此繁衍生息的烟火气息。在黄河畔，先民们依水而居，逐水而耕，他们的欢声笑语、辛勤劳作，都随着岁月的洪流，悄然融入这褶皱的纹理之中。这些景观，宛如大自然亲笔撰写的史书。每一页都承载着厚重的历史，静静等待后人去解读，去探寻那被岁月尘封的珍贵记忆。

踏入老牛湾，仿若闯进了一幅徐徐展开的山水长卷，每一步都能邂逅不同的景致，每一眼都能收获独特的惊喜。沿蜿蜒的黄河畔漫步，不觉行至心驰神往的太极湾。一座形似如意的天然小岛，如天赐瑰宝，镶嵌于碧波之中，与岸边彩绘步道相连，此即如意岛。步道上的彩绘，生动地描绘着红果果与牛湾湾相识相遇、浪漫动人的爱情故事，同时也寄托着老牛湾人民对美好生活的无限憧憬。眼前，高峡平湖的壮丽景致震撼心灵，黄河水仿若一条碧绿的丝带，蜿蜒流淌。水面波光粼粼，蓝天白云与两岸连绵起伏的山峦倒映其中，交织出如梦如幻的美妙画卷，美得令人陶醉。清新的空气中，夹杂着淡淡的水汽与泥土的芬芳，丝丝缕缕，悠悠沁入鼻腔，令人瞬间忘却一切烦恼与疲惫，身心仿佛被这片纯净的天地涤荡，变得澄澈而安宁。远眺，山峦在云雾中若隐若现，宛如一幅淡墨的山水画；近听，黄河水拍打着岸边，发出悦耳的声响，仿佛一首美妙的乐章。此时此刻，心中唯余眼前的美景与满心的欢喜。

人们常说，今生只要走过如意岛，一生便能吉祥如意，爱情亦能长长久久。或许，这不仅仅是一种美好的期许，更是如意岛赋予每一位到访者的独特力量。在这里，每一寸土地都承载着幸福的深刻寓意，每一缕清风都传递着美好的真挚祝福。它让我们由衷地相信，生活中的所有美好都值得全力以赴去追寻，所有的幸福都有可能在不经意的瞬间悄然降临。

漫步在老牛湾的土地上，我仿佛走进了一个世外桃源。这里没有城市的喧嚣与繁华，没有世俗的纷扰与烦恼，只有纯净的自然和一颗可以尽情舒展的心。在这样的宁静中，我忽然想起了庄子《齐物论》中庄周梦蝶的故事。与这些美丽的山水相依相伴，我有些恍惚，分不清究竟是我融入了山水，还是山水融入了我。我沉醉在这山水交融的美妙意境里，感觉自己的灵魂早已与大自然融为一体，难解难分。

杨玉明 农民，呼和浩特市清水河县人。清水河县作家协会会员。

友人同游黄河湾

在忙碌的生活中，我们总渴望一场心灵的出逃，若问何处最相宜，老牛湾定是不二之选。清水河老牛湾国家地质公园，经精心打造与广泛宣传，已声名远扬，成为呼市地区熠熠生辉的名片，吸引着八方游客前来探寻它的魅力，成为热门旅游观光景区之一。今年盛夏，我开启了这场期待已久的老牛湾一日游，对于整日被困在两点一线生活中的我而言，这无疑是一次绝佳的放松机会。

清晨，阳光温柔地洒向大地，天空澄澈如洗。我早早来到清水河县入城口，满心欢喜地迎接从呼市赶来的同行伙伴们。待四十余人齐聚后，我们一同踏上了前往老牛湾的旅程。作为东道主，一路上我热情地向大家介绍清水河的独特风情："绿化模范清水河，人杰地灵老牛坡。脚踏黄河手搬墙（长城），瓷坛托在窑顶上。莜荞豆面小香米，饭后想吃果丹皮。男人洗煤钱满兜，女人能歌又善舞……"这朗朗上口的顺口溜，承载着清水河的风土人情，逗得大家笑声连连，车内气氛热闹非凡。

车子逐渐靠近老牛湾，黄河畔愈发山高坡陡，道路狭窄且蜿蜒曲折。车子走过几个急弯后，不少人都有了晕车的感觉。好在司机技术娴熟，小心翼翼地将车开到景区门前。我们按工作人员的指示买票后，大客车缓缓驶入老牛湾广场。听当地村民讲述，这广场原是本村人历经岁月，用手工撬出来的大石盘，天然的石材表面平整如削，令人称奇。一方水土孕育一方文化，这里的石层好似一张巨大的千层饼，撬起的石头被充分利用，用于砌窑洞、盖炕板、压窑檐，就连小石片也被用来垒砌院墙。往昔，此地山高坡陡，耕地稀少，村民们半农半渔，常在此大石盘上打粮织网。如今，这里已华丽转身，成为观景平台。

"哇！"刚一下车，众人便被眼前的美景所震撼，情不自禁地发出惊叹。"黄河，我来了——"有人在广场前激情呼喊，声音里满是对母亲河的向往与热爱。放眼望去，两岸石壁如巨人的怀抱，紧紧拥抱着黄河，巍然矗立的古台墩仿若一枚帅印，静置于这山水之间。明长城如同一条蜿蜒巨龙，蜿蜒在起伏的山梁之上，千百年来默默守护着母亲河。沉淀了泥沙的黄河水一碧万顷，河面上的观光游船往来穿梭，为这幅壮丽的山水画卷增添了几分灵动之美。

广场上，神牛雕塑威风凛凛，仿佛蕴含着无尽的力量，随时准备奔腾而起。广场前矗立着一块高大的石头，上面镌刻着"黄河第一湾"几个大字，笔锋苍劲有力。这是清水河县邀请书法老师题写的，由我亲自拓刻上去的。如今再次抚摸这鲜艳的红字，心中满是亲切与自豪，往昔的记忆也随之涌上心头。

　　来老牛湾游玩，大致可概括为"一看二坐三吃糕"。一看，便是欣赏这里独特的景色，看黄河的波澜壮阔，看长城的雄伟沧桑，看奇特的地貌景观。二坐，是乘坐游船或快艇，体验水上的别样乐趣，观赏沿河的旖旎风光。三吃糕，则是品尝黄河鱼虾、炸油糕、猪肉豆腐炖粉条等极具地方特色的农家饭菜。

　　沿着蜿蜒的石梯走向码头，我们每人穿上一件救生衣，迫不及待地登上快艇，向着黄河主河道飞驰而去。碧绿的河面上，观光游船来来往往，泛起层层洁白的浪花。我舒展双臂，感受着风的轻抚，仿佛与快艇一同在水面上飘飞。两岸悬崖峭壁高低错落，鬼斧神工，大自然的神奇在此展现得淋漓尽致。当快艇疾驰在几十米高的危崖下，无数山燕在头顶上空盘旋飞舞，它们身姿灵活，在山崖间相互嬉戏，清脆的啼鸣声声悠扬，仿佛热情地向游客们问好。此情此景，真是"两岸猿声啼不住，轻舟已过万重山"的生动写照。不知不觉间，游艇已载着我们抵达了万家寨水库。雄伟的水库大坝横跨东西两岸，将它们紧密相连，一座高架铁索天桥飞架两岸山顶，让"天堑"变为了"通途"，令人不禁感叹人类的智慧与力量。

　　快艇在水库上游短暂停留后，便原路返回。行至望河堡下，我们登上了对岸山西境内曾驻兵的老牛湾古堡。走近望河楼，只见楼的基墩由锤錾加工过的大方石垒砌而成，上部则用专门烧制的方砖筑就，结构严谨，密不透风。其外部呈梯形，四面陡峭如刀削。站在堡前极目远眺，河川景色尽收眼底。遥想当年，这里狼烟四起，金戈铁马，战火纷飞，心中不禁涌起万千感慨，历史的厚重感扑面而来。

　　返回码头时，正值正午。我们要攀登四百多级台阶才能回到广场。日头高悬，在烈日炙烤下，没走几步便已汗流浃背，只觉身体沉重，双腿如灌了铅一般。但我咬紧牙关，一步一个台阶，稳步向上攀登。终于回到广场，走进冬暖夏凉的窑洞，瞬间被自然的凉爽所包围。几位来自大后山的朋友，第一次体验石砌窑洞，新奇与兴奋之情溢于言表。

不一会儿，黄河鱼虾、油糕等特色美食陆续端上了桌。尤其是金灿灿的现炸油糕，刚从油锅中捞出，油花还在气泡上闪烁跳跃，香气扑鼻而来，还未入口，口水便已止不住了。大铁锅慢炖近半小时的豆腐，用筷子夹起时还在微微颤动，棱角分明，弹性十足，咬在嘴里鲜嫩又筋道。大家一边品尝着这些美味佳肴，一边沏上一杯清香的野山茶，欢声笑语回荡在窑洞中，每个人都沉浸在这美好的时光里。

下午，大家带着满满的收获和喜悦踏上归途。客车缓缓驶向山顶，我回首眺望，巍巍长城蜿蜒于山峦之间，层层山峦连绵起伏，汤汤河水奔腾不息。老牛湾宛如一幅绚丽多彩的画卷，不仅展现了大自然的鬼斧神工，更承载着厚重的历史文化。此次老牛湾之行，宛如一场与自然和历史的灵魂对话，为我干涸的心田注入新的活力，也让我对这片神奇的土地充满眷恋与不舍。我深知，这段美好的回忆将永远珍藏在我心中，成为我生命中一抹亮丽的色彩。

董金堂 清水河县作家协会会员。文学爱好者,致力于乡土文化作品创作,以阅读充实自己,用文字丰盈生活。

漫赏峡谷好风光

在神牛广场,人潮如织,来来往往的游客怀揣着对未知的憧憬与好奇,他们的目光急切地扫过这里的每一寸土地,探索着每一个角落,试图将老牛湾的神韵深深镌刻在心底。我置身其中,与三三两两的游人一道,登上了紧依石壁而筑的亭廊。凭栏而立,极目远眺,徐徐清风轻柔地拂过脸颊,又撩动我的衣襟,一路奔波的疲惫瞬间消散,身心沉浸在这难得的惬意之中。

站在峡谷之巅,向下俯瞰,一湾澄澈的碧水映入眼帘。山水相依,构成了一幅绝美的画卷,美妙的景色宛如灵动的乐章。阳光倾洒,湖面波光粼粼,水天相融,浑然一色。这般如梦似幻的景致,即便是神仙下凡,怕也会沉醉其中,更何况我这个慕名而来、一心探秘的旅人呢?

民间流传着动人的传说:黄河老牛湾,是天上神牛下凡犁出的奇迹。神牛犁河时气势磅礴,以无穷神力劈开重山,冲破峡谷,造就了黄河畔这片神奇的土地。这美妙的神话,将黄河的神秘隐匿于历史深处,在人们心中悄然种下了好奇的种子,驱使着人们去探寻黄河古老文明的神秘面纱,领略黄河的雄浑壮阔与奇特瑰丽。

神牛赋予了黄河传奇的走向,而在漫长的岁月里,历代开拓者们也创造了无数的人间奇迹。翻开史书,那些为治理黄河而拼搏的动人故事和英雄人物事迹跃然纸上。再看如今的老牛湾,更是令人震撼。曾经汹涌的黄河在此放缓脚步,曾经浑浊的河水在此变得清澈,那奔腾的激流已化作造福人类的宝贵资源。

沉醉于眼前的美景,我不禁对大自然的鬼斧神工肃然起敬,惊叹于造物者的神奇。恍惚间,我仿佛看到力大无穷的神牛悠然卧于河岸,伸长脖颈畅饮着仿若天河之水的老牛湾之水;看到长城两边,战马嘶鸣,烽火台上狼烟滚滚,岁月的沧桑尽显无遗,勾勒出长城与黄河相拥、日月同辉的壮美画卷;看到蒙晋交界处,蒙晋文化和谐交融,一片繁荣景象。耳边似乎还回荡着三晋大地字正腔圆的山西梆子和鄂尔多斯高原豪迈奔放的漫瀚调,隐隐听到远处渔船上渔夫那婉转悠扬的渔歌。

谁能想到,眼前这平静柔美的高峡平湖——老牛湾黄河大峡谷,往昔竟是汹涌咆哮的黄河险道。每一处石壁山崖,都印刻着河路汉沉重的足迹;每一滴河水,都饱含着纤夫的汗水与泪水。

这里曾经因闭塞而神秘,因地势的险峻而雄伟,因独特的风貌而闻名。那美妙绝伦的景致,刀削般的石壁,层层叠叠的岩峰,陡峭的坡梁山峁,还有普普通通的五谷杂粮,都成了吸引千里宾客、万里游人前来的独特魅力。他们渴望住进古朴的窑洞,品尝地道的美食,攀爬那由天然纹理石铺就的盘山栈道。

一桩桩回忆，将我的思绪拉向无尽的遐想。阵阵河风，吹散了残留的倦意。碧空如洗，白云悠悠飘荡，两岸石壁倒映在水中，相互映衬，构成了一幅令人陶醉的天然画卷。坡田间泥土芬芳四溢，树枝上鸟儿欢叫喧闹，共同编织出一片绚丽多彩、生机盎然的景象。这一切，如汹涌的潮水般激荡着我的心灵，唤起了我对美好春光的无限向往。

穿过楼阁，沿着灰色仿古砖砌成的台阶逐级而下，那种穿越时空、梦回古代的感觉愈发强烈。

来到岸边，只见一艘艘游船整齐地停靠在码头上，等待着游客登船，一同开启黄河之旅。此时正值"五一"长假，初夏的阳光温暖而柔和，春意仍未消散。微风轻拂湖面，荡起层层涟漪；山脚下，松树郁郁葱葱，充满生机；河岸边，杨柳枝繁叶茂，随风摇曳；峡谷间，生长在岩缝中的山榆也扭动着妩媚的身姿，与那湛蓝如宝石般的湖水相互辉映，让人心潮澎湃。我们祖孙三代随着其他游客一同登上了游船。

对于从小生长在大山深处的我们来说，面对这深不可测的湖水，难免心生怯意。尤其是我的两个孙儿，感受到船身晃动，便惊慌地哭喊起来："我害怕，我要下去！"我急忙轻声安慰："别怕，宝贝，可好玩儿啦。"我一边说着，一边为他们戴上安全帽，穿好救生衣。或许是这些安全措施给了他们安全感，他们渐渐安静下来，乖乖地坐好。

游船在船手熟练的操控下逆流而上。时而如离弦之箭，飞速前行；时而似闲庭信步，悠然自得。船尾划出层层波纹，形成一道道"八"字形长线，宛如天空中喷气式飞机留下的白色尾迹，又似画家随意挥洒的灵动一笔。船手还不时展示他精湛的开船技艺，故意让游船上下颠簸几下，激起层层浪花，引得船上游客发出阵阵惊喜的尖叫。游船飞驰，我尽情享受这份悠然与清欢；湖水荡漾，仿佛在拥抱那蔚蓝的梦幻；每一次颠簸，都是峡谷深情的低吟；每一道波浪，都是岁月留下的独特印记。

渐渐地，我原本紧绷的心放松了下来，紧张的情绪化作洗涤身心的清泉，惊恐悄然转为从容。不知不觉中，游船踏上返程，缓缓回到码头，游客们陆续离船上岸。每个人的脸上，都能看到那份意犹未尽。尤其是我的两个孙儿，紧紧拉着大人的胳膊，不断地回头张望，毫不掩饰地表达着他们的不舍："我还想玩儿，我还想玩儿。"

游完黄河，穿过峡谷，我们走进了一处农家小院。窑面是由石锤石錾精心凿刻的石块砌成，门楼则采用石条石料建造，古朴中透着富丽堂皇。窑洞宽敞明亮，地板由天然花纹石铺就，别具一番风味。从这些建筑中，便能看出这里的男人们勤劳、智慧且充满创造力。踏入屋内，热情好客的女主人立刻迎了上来，亲切地打招呼，随后便忙着沏茶倒水，招呼我们坐下。不一会儿，香喷喷的油炸糕、炖羊肉、黄河鲤鱼、烩豆腐、炒粉条、酸米饭等各种美食摆满了桌面，色泽诱人，香气扑鼻，让人垂涎欲滴。这也充分体现了这里的女人们聪明、贤惠、心灵手巧。

追溯老牛湾的故事，感受着它的变迁，心中留下了难以磨灭的记忆和无尽的感慨。

当听说老牛湾被文旅部确定为国家5A级旅游景区，清水河老牛湾机场正式通航的消息时，我激动不已。谁能料到，曾经那个日出而作、日落而息，运输靠驴驮人背，生计全凭天意，被贫穷和闭塞笼罩的小山村，如今已搭上时代发展的快车。它与时俱进，敞开大门，开启了通往富裕的通道，静候四方游客前来，共享繁荣，展望美好的未来。

边俊杰 内蒙古自治区作家协会会员,擅长报告文学、电视专题片、广播剧、散文、诗歌等方面的写作,作品多发表在新华网以及《人民日报》《光明日报》《中国报告文学》《中国林业》《内蒙古日报》《实践》《草原》等报刊。2021年,编著的广播剧《老牛坡》荣获内蒙古自治区"五个一工程"奖。

滔滔黄河入画来

滔滔黄河,蜿蜒中华北方;

中华巨龙,孕育神州典藏。

黄河,绵延万里,奔腾不息,飞峡谷、跳山丘、汇千流、纳百川,九曲回转,在清水河县与山西偏关县之间几次大转弯,一路呼啸,势不可当,经过千万年的冲刷,在黄土高原上划开了一道巨大深邃的峡谷。老牛湾黄河大峡谷正是镶嵌于黄河巨龙上的一颗璀璨的明珠,是万里长城与九曲黄河握手之地。

"九曲黄河十八弯,神牛开河到偏关。明灯一亮受惊吓,转身犁出老牛湾。"一首民谣道出了老牛湾黄河大峡谷诱人的风景及厚重的历史。

一踏入老牛湾神牛广场，我不仅为脚下巨大的天然整石盘所惊奇，更为峭壁悬崖、波澜壮阔的黄河，为气势雄伟、蜿蜒盘旋的长城所震撼，也为老牛湾堡与望河楼遥相呼应、沧桑威严的景象所叹服。

老牛湾堡在明朝时是一座屯兵的城堡，望河楼是一座至今保存完好的砖砌空心敌楼。伫立于此，我仿佛听到了战马嘶鸣、鼓角争鸣的铿锵，仿佛看到了旌旗猎猎、烽火狼烟的战场，看到了突兀在黄河畔上坚固顽强、易守难攻的石堡寨。

这里河抱山、山依河，一幅山河相映、雄浑美丽的黄河大峡谷山水画卷徐徐展开。

长城雄风，耳畔犹闻铁血章；黄河滔滔，眼前呈现壮美景。

来到这里既能体验到高峡出平湖、幽谷卧真龙的磅礴气势，又可领略到浓郁的风土人情，这里的古堡、鼓楼、古渡口、古栈道、古庙、古村落是蒙晋文化兼容并蓄的历史文化杰作，这里的各种石头建筑因势而形，随意散落在石盘广场之巅的山谷里。石窑石屋错落有致，石墙石院随形而就，石碾石磨随处可见，石仓石柜触手可及，窑前石檐齐整，大门石狮昂首，橘黄色的花纹石墙在阳光的照耀下熠熠生辉，整个村庄就是一个石头民俗博物馆。

在这里，能看到明长城巍峨矗立，能听到黄河水荡气回肠。

刚刚，黄河大峡谷还犹如从天而降的一条洁白哈达飘落人间，飘落在塞北的黄土高原之上。立刻，春风一吹，冰河即开。

惊蛰后，睡梦惊鸿，春风隐隐，春和景明，万类物华始荣，此时此刻，"春风不吹地不开，大河解冻雁归来"。我的心被大地的脉动催发，跳动加快，一种振奋的心情油然而生，我抓住春之臂膀，拥春入怀。

黄河的美景在春季更是美轮美奂。惊蛰听不到的雷声，没想到去看黄河流凌时听到了，河面冰凌飘动，碰撞轰鸣，如闷雷震响，积银堆冰，这撞击声阵阵传来，雄浑而粗犷，如同一首交响乐的前奏曲。接着能听到节奏欢快的流水声，那是解冻的滔滔黄河在向前奔涌。

黄河流凌的撞击声还在耳畔回响，峡谷内漫山遍野的海红花，带着黄河水的凉意，带着朝霞的余晖，悄然绽放。

大片大片的海红花、"123果"花沿着黄河岸边不断延伸，一朵朵盛开的花，仿佛披着粉白色的纱幔，密密匝匝、重重叠叠地眺望着黄河。他们好像是向黄河轻吟，又好像有许许多多的爱意向黄河倾吐。

是啊，过去的黄河岸边，山石裸露，草木稀疏，遍地是荒凉的景象。时过境迁，清水河县各族人民同心筑梦，秉承"绿水青山就是金山银山"，生态优先，绿色发展的理念，以钢铁般的意志，肩扛绿色大旗，加大力度大搞黄河区域生态修复工程，着力打造黄河区域高质量发展示范区，引进优质树种并精心培植，经过几年的不懈努力，黄河区域已从荒芜的山谷变成了翠柏多姿、花草纷呈夺目、香味弥漫润心肺的景象。

黄河岸边的海红花与蓝天辉映，与白云共舞，在田间地畔、沟壑纵横、深山谷底、窑前屋后，山坡坡、山梁梁，到处都是盛开的海红花，<u>丛丛片片</u>，团团簇簇。再回首，整个山地绿意氤氲、花蕾初绽，散发着诱人的香味。

山坡上、草丛间，点缀着色彩斑斓的小花，粉红胜过朝霞，鹅黄赛过柳叶的娇嫩，橘黄色的是浓蜜流淌，火红色的透着红酒般的醇香。它们簇拥着、微笑着，在灿烂的季节里，将黄河渲染出似梦似幻、云蒸霞蔚的明媚畅然。

花开正烂漫，游船正扬帆。

老牛湾依托独特的自然资源，吸引着游客纷至沓来，沿黄河公路串起了城湾、太极湾、老牛湾、留香湾等景点，黄河文化魅力不断彰显。

"右手边是滔滔黄河，左手边就是我们家，去年我家农家乐收入十几万元,今年收入可望翻一番。"在老牛湾,一位眉清目秀、聪慧睿智、皮肤白皙、楚楚动人的"95后"女孩李倩正在短视频平台上做直播,跟随她的镜头,观众们欣赏着老牛湾黄河大峡谷风光,领略着老牛湾黄河大峡谷的独特魅力,她说:"老牛湾通用机场也修在这山圪梁梁上了。"

走进李倩经营的农家乐,窗明几净,窑洞石院中鲜花绽放。金黄的油炸糕,筋道的炖羊肉,鲜嫩的黄河鱼,原汁原味的油炸扎蒙蒙花抿豆面、酸米饭,酸甜可口的海红果、果脯、果饮料,喷香四溢,让人胃口大开,难怪她的山庄门庭若市,生意火爆,备受游客青睐。

美景美食醉四方,招徕游客竞观光。

黄河老牛湾,美如一块绝世翡翠。这里看不到浑浊的黄河水,唯有澄碧清透的蓝与绿,万家寨水利枢纽已经把这里变成了高峡平湖。登上帆船,朝阳辉映,细碎的绿波粼粼闪烁,仿佛置身翠色仙境。摩托快艇洒脱地划出几条弧线,顺流南下,沿着峡谷飞驰,水花飞溅,波光潋滟。看,朵朵浪花是欢快的音符,层层涟漪是美好的畅想,叶叶小船是激情的奔放,条条跃动的黄河鱼是热情的流淌。畅游在黄河大峡谷,那份惬意、那份刺激、那份陶醉,令人心旷神怡,今生今世难以忘怀。

看两岸峭壁,像刀切一般,百米高的悬崖壁立千仞,峭壁上显现出各色各样的图景,似一幅幅写意的水墨画,意象万千,似骏马腾飞,又像万千士兵整齐地排列着,昂首挺立,铜墙铁壁,威武雄壮。

远山近谷,美丽的黄河与蜿蜒的长城交相辉映,雄浑壮美,又像一对恋人厮守相依。

此时此刻,山曲在耳边回响,在峡谷中回荡。

  清水河的风景真稀罕,
  长城黄河握手老牛湾。

笔直笔直的山崖，

碧绿碧绿的水，

游船在那河面上，

就像草上飞。

黄澄澄的小香米、黄澄澄的糕，

酥脆酥脆的黄河虾，

下酒它最好。

海红果红来、果丹皮香，

五谷杂粮带回家，

越吃越健康。

这山曲醉了山谷，醉了浪花。

"黄河远上白云间，一片孤城万仞山"，自古以来有多少文人墨客在文学史上留下了对黄河的赞美。

山为使，水为媒，绿水青山待君来。

今年，有几位肯尼亚友人考察此地时赞叹道："没想到在著名的黄河岸边有如此神奇的自然山水画。"

啊！美丽的老牛湾黄河大峡谷，你是黄河上一颗璀璨的明珠。

秦翻花 呼和浩特市作家协会会员，呼和浩特市电影家协会会员，呼和浩特市长城科普学会会员，清水河县作家协会会员。多次获得清水河县文化艺术成果长城奖。

最美不过老牛湾

"黄河九曲十八弯，最美不过老牛湾。"这句流传甚广的话语，宛如一把神秘的钥匙，开启了人们对老牛湾无尽的遐想。当你真正踏入老牛湾，就像走进了一幅徐徐展开的山水长卷，每一处景致都带着灵动的诗意，每一寸土地都散发着魅力。

两岸高山巍峨对峙，似忠诚的卫士，日夜守护着这片古老的土地。河道狭窄幽深，峡谷静谧而深邃，山峰直插云霄，如利剑刺破苍穹；崖壁陡峭险峻，让人望而生畏。黄河水奔腾不息，滔滔河水裹挟着万壑的力量，汇聚于峡谷之间，澎湃的涛声，仿佛从大地深处传来的千年低吟，诉说着岁月的沧桑。半山腰上，富有黄土高原地域特色的窑洞错落有致，它们古朴而温馨，静静地守望着这片神奇的山河。那座砖砌的空心敌楼，虽历经风雨侵蚀，却依旧傲然挺立，还有场地中央石砌台上雄伟的神牛雕塑，气势磅礴，让人油然而生敬畏之情，它们宛如岁月的守望者，见证着老牛湾的兴衰荣辱。在这里，黄土高原的雄浑豪迈与黄河的温婉柔美相互交融，碰撞出震撼心灵的火花，共同勾勒出一幅气势恢宏的自然画卷。

老牛湾，三面环水，一面连山，犹如大自然精雕细琢的稀世珍宝。站在高处俯瞰黄河，一湾碧水恰似一条灵动的玉带，蜿蜒飘落于大峡谷之间，长达二十多里，形状仿若卧牛，为这山岭原野增添了无尽的灵气与深厚的历史韵味。河水清澈而宁静，偶有微风轻轻拂过，水面便泛起层层涟漪，如同少女舞动的轻纱，轻柔、飘逸，令人陶醉。

乘船在黄河上游览，两岸如刀削斧劈般陡峭，层峦叠翠，连绵成峰，气势雄浑磅礴。水倒映着山的巍峨，山环绕着水的灵动，山水相依，相得益彰，共同营造出如仙境般的奇幻美景。游人悠然穿梭于山水之间，亲身感受着大自然的鬼斧神工，被这壮阔的景色所震撼，不禁感叹大自然的伟大与神奇。

沿着蜿蜒曲折的石阶向河岸边走去，每一步都似踏在历史的脉络上，发出清脆的回响。石阶路曲折蜿蜒，仿佛一条时光隧道，引领着人们穿越时空，回到遥远而神秘的过去。耳边时隐时现的滴水声，宛如大自然奏响的美妙乐章，那是生命的旋律，是岁月的音符，让人在惊叹之余，更能感受到大自然的神奇与生命的顽强。而老牛湾的古长城和烽火台，无疑是这片土地上最震撼人心的历史遗迹。它们饱经岁月的沧桑，虽已年久失修，略显破旧，但宛如一部部鲜活的历史教科书，默默地讲述着这里的厚重历史与辉煌过往。站在这些遗迹前，思绪不由自主地飘回到那个战火纷飞、动荡不安的年代，心中不禁涌起万千感慨。烽火台、古村、古码头……每一处景观都承载着沉甸甸的历史记忆,见证了无数的悲欢离合,让人动容,让人沉思。那些错落有致的石窑石屋,历经风雨,依旧坚固,它们是农人世代繁衍生息的家园,见证了岁月的艰辛与坚韧,诉说着平凡生活中的温暖与希望。

老牛湾的美,宛如四季流转的诗篇,每个季节、每种景致,皆独一无二,各有韵味。

老牛湾的春天,是一场生命的盛大觉醒。此时,冰雪渐渐消融,流凌涌动,仿佛大地从沉睡中苏醒,万物焕发出勃勃生机。黄河开河大鲤鱼的鲜美,吸引着无数游客慕名而来,只为品尝这一口春天的馈赠。黄河水逐渐显现出碧绿的色泽,两岸的柳树抽出嫩绿的新芽,桃花、杏花竞相绽放,争奇斗艳,将整个山谷装点得如诗如画,分外妖娆。漫步在黄河岸边,春风轻柔地拂面,花香扑鼻而来,沁人心脾,仿佛置身于一幅生动的春日水墨画中,让人沉醉不知归路。

老牛湾的夏天,宛如一首激昂的交响曲,景色壮美,温度宜人,绿意葱茏,风光无限,是避暑消夏的绝佳之地。夏天是老牛湾水量最为充沛的季节,黄河水汹涌澎湃,奔腾不息,以磅礴的气势勇往直前,与两岸的峭壁奇石形成鲜明的对比,淋漓尽致地展现出大自然的雄浑与壮丽。在炎炎夏日,走进老牛湾,感受扑面而来的清凉,无疑是一次难忘的旅行体验,也难怪夏天成为游客们游览老牛湾的最佳季节。

秋天的老牛湾,宛如一幅色彩斑斓的油画,天高云淡,层林尽染。金秋时节,塞北大地瓜果飘香,处处洋溢着丰收的喜悦。峡谷中的树木仿佛被大自然这位神奇的画家打翻了调色盘,逐渐换上了金黄色的外衣,与黄河的碧波相互辉映,构成了一幅美轮美奂的秋日景致。秋天的老牛湾,不仅有壮丽的自然风光,还弥漫着浓郁的秋日氛围。漫步在落叶铺就的小径上,脚下发出沙沙的声响,每一步都踏出了诗意与远方,让人在这宁静而美好的季节里，感受到岁月的温柔与生活的美好。在这个收获的季节，不妨走进老牛湾，亲身感受一下这里的独特韵味，领略大自然赋予这片土地的独特魅力。

冬季，白雪悄然而至，老牛湾仿佛被大自然施了魔法，瞬间换上了一套银装素裹的美丽外衣，宛如进入了一个梦幻的童话世界。这里的冬天，黄河水在冰雪的覆盖下，依然顽强地奔腾不息，展现出生命的坚韧与力量。两岸的山峰被白雪层层包裹，银装素裹，宛如玉砌的屏障，与奔腾的黄河相互映衬，构成了一幅美丽动人的画卷。老牛湾的冬天，以其独特的自然景观而闻名遐迩。黄河在厚厚的冰层覆盖下，宛如一块碧绿的翡翠，静谧而壮美，让人感叹大自然的神奇创造力。峡谷中的雪景更是令人震撼，两岸的山峰在白雪的映衬下显得格外雄伟壮观，仿佛是大自然用雪塑造的巨型雕塑。此外，老牛湾的月亮湾在雪后更显静谧，雪落在水面上，渐渐融化，动静结合的美景难以用语言形容。游客沿着黄河岸边悠然漫步，尽情欣赏黄河大峡谷的雪景，这无疑是一种极致的享受，让人沉浸在这片洁白无瑕的世界里，忘却了尘世的喧嚣与纷扰。

黄河大峡谷老牛湾景区，交通便利，历史悠久，深厚的文化底蕴、奇美的地域特色以及便捷的交通条件相互融合，吸引着越来越多的国内外游客慕名前来，亲身感受老牛湾的独特魅力。

每当夕阳西下，太阳的余晖如金色的纱幔，轻柔地洒在黄河第一湾上，整个河床波光粼粼，熠熠生辉，美不胜收。绚烂的色彩、如梦如幻的光影，让游客们纷纷停下脚步，流连忘返，仿佛要将这一刻的美好永远定格在心中，化作一段珍贵而美好的回忆。

老牛湾，这个充满魅力的地方，宛如一颗璀璨的明珠，镶嵌在中华大地上。只有走近它，你才能真正领略到它的美丽与深邃。在这里，每一处风景都是一首动人心弦的诗，每一块石头都承载着一个古老而动人的故

事，等待着你去细细品味，去深深感悟。这令人心驰神往的绝美之地，是大自然与历史交织而成的壮丽画卷，是黄河与长城相依相拥的永恒见证，更是无数游客梦寐以求的人间仙境、世外桃源。来吧，让我们一同走进老牛湾，亲身感受大自然的壮美与历史的厚重，共同见证这片土地的辉煌与神奇，在这片神奇的土地上留下属于自己的美好记忆。

与家人的心灵之旅

前一段时间，我们一家人怀着满心的期待，驱车前往老牛湾黄河大峡谷旅游区，开启一场温馨的欢聚之旅。行前，孙儿们兴奋得手舞足蹈，叽叽喳喳地说："老牛湾我们早有耳闻，那儿风景美不胜收，能坐游船、快艇，还能吃到地道的黄河大鲤鱼和可口的农家饭菜！"看着孩子们眼中闪烁的光芒，我的心也跟着飞扬起来，迫不及待地踏上了这趟通往美好的旅程。

一路上，车内满是孩子们银铃般的欢声笑语，他们热烈地谈论着自己的期待。我微笑倾听，同时将目光投向窗外，尽情欣赏沿途的景色。车子在蜿蜒盘旋的公路上疾驰，我的心情也如这山路一般，跌宕起伏，难以平静。快到老牛湾时,眼前的景色瞬间变得开阔而壮美,高山连绵起伏,层峦叠翠,峻岭巍峨耸立,直插云霄,黄河之水宛如一条灵动的丝带,蜿蜒前行。我不禁脱口而出:"好漂亮,好美!"我迫不及待地打开车窗,清新的山间空气扑面而来,那是大自然独有的气息,带着泥土的芬芳和草木的清香,让人心旷神怡,所有的烦恼都被抛到了九霄云外。

抵达老牛湾黄河大峡谷旅游区入口,我们一家人迫不及待地跳下车,在标志性的景观前拍照留影,将这一刻定格在美好的记忆中。随后,我们直奔黄河岸边,去探寻令人心驰神往的美景。身旁的树木郁郁葱葱,婀娜多姿,嫩绿的枝叶在初夏阳光的轻抚下闪烁着生命的光芒。阳光透过密密匝匝的枝叶,洒下一地铜钱大小的粼粼光斑,树叶相互摩挲,发出"哗哗哗"的声音,仿佛在热烈地鼓掌,欢迎我们的到来。

首先映入眼帘的,是黄河岸边的景区大门。向西望去,便是黄河太极湾,巨大的"S"形转弯,宛如大自然精心绘制的太极图案。凡是目睹这一奇观的人,无不为大自然的鬼斧神工所震撼。黄河从北方奔腾而来,虽遭遇高山险阻,却并未暴跳如雷、惊涛拍岸,而是展现出非凡的智慧与从容。它欲进先退,优雅转身,迂回向北,再从容向南,在这里舞出了一个华丽的大回旋。独特的地理位置和漫长的地质作用,造就了这规模宏大、纵横交错的峡谷,历经漫长的海陆变迁,古老的岩层上覆盖了厚重的黄土。黄河在峡谷间穿行数百公里,从这里开始,黄河告别内蒙古,挺进山西境内,大河奔流的壮丽景观在此尽情展现,黄土高原的丘陵沟壑也在此彰显出独特的魅力。

到老牛湾,自然是冲着乘船游河赏景而来的。孩子们早已按捺不住激动的心情。买好船票后,我们迅速穿好救生衣,登上游船。船缓缓启动,溅起层层水花。我们坐在船舱内,尽情享受这惬意的时光。微风轻轻拂过脸颊,带来丝丝凉意,让人倍感舒爽。一家人围坐在一起,欢声笑语回荡在船舱内。我拿起手机,开启连拍模式,想要将这美好的瞬间一一珍藏,生怕错过任何一个精彩的细节。宝贝孙子坐在船舱前,扭过头大声提醒我:"奶奶!注意安全,别只顾拍照,小心把手机掉到河里。"看着懂事的小宝贝,我的心里满是温暖,被人关心的感觉真好!

放眼远望黄河峡谷,只见其气势磅礴,景色壮丽。群山环抱之中,绿树成荫,枝叶繁茂。峡谷之间,悬崖峭壁林立,九曲十折,形态各异,每一处都散发着独特的魅力,仿佛大自然精心雕琢的艺术品。山与水相互映衬,水倒映着山的巍峨,山环绕着水的灵动,共同构成了如仙境般的奇景。这里的山、水、景、物,如诗如画,让人陶醉其中,流连忘返。近观,碧绿的黄河水随着游船的划过,荡漾起一圈圈美丽的波纹,向四周扩散开去,犹如一朵朵洁白的雪莲花在水面绽放,又似仙女散花般轻盈美丽。游船的尾部泛起一道道白色的亮光,在阳光的照耀下熠熠生辉。游船在河面上穿梭往来,船上的游客们像久违的老友,热情地互相打着招呼。孩子们兴奋地放开嗓子大声呼喊:"老牛湾,我来了!老牛湾,你最美,下次我们还会再来!"清脆悠扬的欢呼声在黄河大峡谷间回荡,让人的心情久久不能平静。此时此刻,"船在水中游,人在画中走"的美妙感觉油然而生。壮美的黄河宛如一位慈祥的母亲,用她甘甜的乳汁滋润着大地,养育着两岸的儿女。游走在老牛湾黄河大峡谷旅游区,我们不仅能全程领略到绝美山水的风光,还能深切感受到当地独特的地方特色和民俗文化魅力。

不知不觉间,船已靠岸,我们怀着依依不舍的心情离开了游船,望着它载着另一批游客缓缓驶向大河深处,乘风破浪,勇往直前。

走进农家院,映入眼帘的是用天然石头垒砌而成的石窑洞,它们错落有致,形态各异,散发着一种质朴而温馨的气息。美观大方的石窑洞,给人一种家的温暖。农家乐的女主人早已为我们准备好了可口的饭菜,一进窑洞，一股诱人的香味扑鼻而来。我迫不及待地拿起筷子，夹起一块鱼肚上的厚肉，看着泛着嫩白光泽的鱼肉，香气扑鼻，瞬间勾起了我的食欲，竟一时忘记了身边的孩子们。我将鱼肉放进嘴里细细品尝，像个孩子般不停地念叨着："嗯！好吃，好吃！不愧是地地道道的黄河大鲤鱼，鱼肉丝滑爽口，鲜美无比。"我们喝着香喷喷的鲤鱼汤，吃着解暑的酸米饭，品尝着地地道道的山野苦菜、炖鸡肉、炖羊肉、炒鸡蛋等农家风味的绿色食品，尽情感受着农家人生活的无限乐趣。

饭后，我们漫步在庭院旁的马路上，眼前是一排排整洁干净的窑洞，私家车在马路上疾驰而过，每个人的脸上都洋溢着幸福的笑容，大家都在为自己的美好生活忙碌着。只见男主人忙着接送一批又一批的游客，女主人则在厨房里忙前忙后，为客人盛上可口的农家饭菜。客人们不停地夸赞女主人厨艺高超、待人真诚，男主人热情好客、朴实勤劳。老牛湾的村民们用他们的热情和勤劳，以黄河鱼虾等农家特色饭菜招待着来自五湖四海的游客。

如今，老牛湾的大部分村民依然过着面朝黄土背朝天的生活，这里的一切，都充满了生活的气息和人间的烟火气。

黄河大峡谷实在是太美了！这里宛如人间仙境，是绝佳的避暑胜地。最让我感到快乐的，莫过于和家人一起饱览老牛湾黄河大峡谷的美景。我们留下的每一张照片，都记录着我们在老牛湾的欢乐时光。回忆起这段经历，心里依然充满了甜蜜和幸福。

李 军　清水河县第二中学教师。

邂逅塞上桃花源

在广袤的山水间,总有一些地方能让心灵觅得栖息之所,老牛湾便是这般神奇的存在。它宛如一颗璀璨的明珠,镶嵌于黄土高原的怀抱,散发着独有的迷人魅力。

老牛湾地处清水河县、鄂尔多斯市与山西省的交界,真正是"鸡一叫,三地闻",地理位置十分关键。这里还是长城与黄河的交融之处,历史文化底蕴深厚,诸多传说故事在这里流传,其中老牛湾名字由来的神话故事最为人津津乐道。

相传上古时期,天降大雨八十一天,百姓无法正常生活劳作,只能祈求玉帝保佑。玉帝便命令太上老君骑着青牛前来消除水患。太上老君来到老牛湾时,天色已晚,天兵天将在明灯山上点了一盏灯为其照明。不料,青牛被闪烁的灯光吓到,掉头犁河,犁出一个"S"形弯道,老牛湾便由此而来。老牛湾家喻户晓的民谣"九曲黄河十八弯,神牛开河到偏关。明灯一亮受惊吓,转身犁出个老牛湾"便是这一传说的印证。

"大漠孤烟直,长河落日圆。"双脚踏上这片土地,才能真正领略到诗句中的雄浑与壮美。黄河,中华民族的母亲河,一路奔腾呼啸,至老牛湾处陡然转弯,形成一个硕大的牛头状河湾。滔滔河水浊浪排空,诉说着千年的沧桑变幻。站在岸边,仿佛能听见黄河儿女与自然抗争的呐喊,触摸到岁月沉淀的厚重记忆。

站在老牛湾观景台,长城遗址清晰可见,城墙高崎、墩台林立,让人瞬间穿越回那个狼烟四起、金戈铁马的年代。老牛湾长城历史悠久,因万家寨水利枢纽的建设,原本一泻千里的黄河水变得平缓,河道碧波荡漾;河岸之上长城耸立,与烽火台遥相呼应,构成了独特的景观。

老牛湾的山虽无五岳的高耸险峻,却有着质朴坚毅的气质。它们连绵起伏,与黄河相依相偎,共同绘就了一幅秀美的山水画卷。山上植被繁茂,野花恣意绽放,为这片古老的土地增添了生机与活力。在这里,既能感受黄河母亲的宽广胸怀,又能领略大自然的鬼斧神工。泛舟漂流,两岸"神牛回眸""太极无限""仙人指路""神龟增寿"等鬼斧神工的造型,定会让你惊叹不已。

沿着蜿蜒山路攀缘而上,俯瞰老牛湾全貌,豪迈之情油然而生。远处,雄伟的明长城遗址犹如巨龙般蜿蜒于山峦之间,与黄河在此交会,见证了农耕文明与游牧文明的碰撞与融合。

老牛湾的村庄宁静和睦,石砌房屋错落分布在山坡上,墙壁爬满了岁月的痕迹。这里的人们保持着传统的生活方式,日出而作,日落而息。他们热情友善,淳朴的笑容让人感受到久违的温馨。走进村子,仿佛穿越时空,回到了简单纯粹的年代,远离城市的喧嚣,唯有大自然的宁静美好。

秋天的老牛湾,美得如同一幅画。黄河水在此处平缓流淌,宛如一条玉带蜿蜒于峡谷之间,与周围的山峦相映成趣。雄伟的明长城遗址耸立于群山之巅,恰似一条巨龙飞舞于静谧迤逦的黄河岸边休憩,湖光山色美不胜收。秋天的老牛湾,不仅有醉人的自然风光,更是体验黄河文化之地。古村落、古城堡、古渡口,无一不在诉说着历史的沧桑。古村落里石屋、石墙、石门、石碾、石仓等随处可见,宛如一个石头世界。老牛湾古戏台,见证着曾经的繁华;滑石涧堡的屯兵,上演过一曲曲威武雄壮的英雄赞歌。

傍晚时分,夕阳的余晖洒落在黄河之上,波光粼粼,美轮美奂。此时的老牛湾,宛如一幅流动的油画,让人如痴如醉。"落霞与孤鹜齐飞,秋水共长天一色。"这般美景,或许只有在老牛湾才能领略得到。

神奇的老牛湾,是大自然馈赠的珍宝,是历史与文化的交融之所。在这里,既能感受到大自然的神奇,又能感受到人类文明的源远流长。愿这份美好长久留存,让更多人走进老牛湾,感受它的独特魅力。

游老牛湾,是一次与大自然的亲密拥抱,是一次跨越时空的回望,更是一次心灵的荡涤。在这里,能体悟黄河的壮阔、长城的雄伟、秋天的宁静,还有那份深沉的历史情怀。

张成亮　政协清水河县委员会工作。

神牛开河的地方

在我的印象里，黄河曾是裹挟着黄泥沙一泻千里的豪迈存在。可当我踏入清水河的老牛湾，才惊觉母亲河还有着截然不同的温柔情怀。在这里，滚滚黄河像是被施了魔法，突然安静下来，汪汪绿水不再是印象中粗犷的北方汉子，倒俨然成了江南温婉的女子，尽显婀娜与柔情。

传说中，老牛湾是太上老君奉旨下界开河泄洪时，神牛受惊掉头犁出的弯道。这传说虽带着几分虚无缥缈的浪漫色彩，却为老牛湾增添了一抹神秘的色彩。而实际上，黄河文化与长城文化在这里交融碰撞，它们共同构成了一种底蕴深厚、源远流长的文化符号，承载着岁月的记忆与先辈的智慧。

沿着清水河县老牛湾旅游专线前行，公路两侧农田与绿树错落分布，金黄的麦浪、翠绿的植被、殷红的野花，色彩交织缤纷，令人目不暇接，美不胜收。路两边的树林中，小松鼠蹦跳穿梭，野鸡、野兔和狍子等动物的身影也不时闪现。生态环境的日益改善，让这些生灵与人类和谐共处，共同生活在这片充满生机的土地上。沿途有诸多的烽火台，它们台台相望，静静伫立在岁月里，无声地诉说着往昔金戈铁马、战火纷飞的场景。

踏入老牛湾，山势蜿蜒曲折，村落高低错落，隐匿其中。当春天杏花开放时，一朵朵粉嘟嘟的花在微风中轻轻摇曳，像是在热情地欢迎远方的游客，尽显生机与活力。

老牛湾主景区保留着最原始古朴的风貌。站在7000平方米完整石坪的神牛广场上，视野豁然开朗，黄河的雄伟气势尽收眼底，让人真切地感受到母亲河宽广无垠的胸怀、博大精深的内涵以及万古千秋的沧桑变迁。缓缓流动的河水，仿佛低吟着岁月的歌谣；漫山遍野的松柏四季常青，为这片土地增添了一抹坚韧的绿意；一层一层白色的鱼鳞坑，见证着前人改造自然的努力；古人用土夯筑的长城一路延伸到黄河边，形成了长城与黄河在老牛湾交会的壮美奇观。眼前的一切，如诗如画，每一处景致都能引发人们内心深处的欢喜与无限感慨。

坐上快艇，风在耳边呼啸，浪在脚下翻涌，那种在红尘中勇往直前、不再有轮回的感觉油然而生。河水与峭壁纵横交错，河水流淌多远，如屏风般的峭壁便伸展多长。令人称奇的是，黄河的水本是黄色的，在这里却呈现出迷人的绿色。快艇飞驰而过，划出一道白色的轨迹，仿佛将黄沙掩埋在历史的长河之中，水上是温柔的情思，水下则暗藏奔放的气势。

看到纤夫雕塑，一幅古老的画卷仿佛在眼前徐徐展开。从远古走来的黄河纤夫，一代又一代地将纤绳深深地勒进肩头，赤着双脚踩在黄河边泥泞的道路上，一步一个脚印，一步一颗汗珠，艰难却又坚定地负重前行。

他们不屈的身影，是黄河儿女坚韧不拔精神的生动写照，承载着中华民族厚重的历史与顽强的生命力。

步道依着山河蜿蜒曲折，别具特色。步道全部采用当地的木纹石、石英石、河卵石铺设而成，每一块石头都仿佛带着岁月的痕迹与大地的温度。每隔几米就设置一个音乐盒，游客漫步在步道上，一边是碧波荡漾的黄河，如诗如画；一边是悠扬的黄河乐曲，余音绕梁。"一道道的那沟沟一道道梁，曲曲弯弯咋就那么长，我还站在那道梁上……"这熟悉的旋律在耳边响起，让人沉浸其中，好不惬意。

石窑洞、古堡、巷道、石墙……构成了一座古朴而美丽的古村落。景区内的农家乐全是石窑洞，虽不知它们建于何时，但这北方特有的石窑洞，承载着鲜明的清水河历史印记，见证了无数个春夏秋冬的变换。夜晚，住在窑洞民宿里，坐在热乎乎的炕上，品尝着当地的黄河鱼、酸米饭、炖羊肉、油炸糕，每一口都是浓浓的乡土味道。夹一筷子美味，再嘬上一小口当地产的圣泉王，抬眼望去，繁星点点，时光仿佛在此刻慢了下来，变得醇香绵长，让人沉醉在这宁静而美好的夜晚。

此外，还可以去九曲黄河阵绕九曲，祈愿来年一切顺遂；去太极湾如意岛聆听红果果与神牛奇妙相遇的故事，感受那份浪漫与神奇；去神牛乐园体验刺激的游乐设施，在现代科技中释放激情；去大塔部落露营，伴着黄河峡谷的星空入眠，让身心在大自然的怀抱中得到放松与滋养。

黄河里的每一滴水，都承载着厚重的历史，是岁月长河中的一页；每一个浪花，都跳动着历史的音符，诉说着百姓生活的欢乐与悲伤。老牛湾黄河大峡谷，被誉为"中国十大最美峡谷"之一，如今已成功创建国家5A级景区。它气势恢宏，蕴含的"阴阳"之气，呈现的"乾坤"之形，似在吟诵着"大河泱泱、天地沧桑，峡谷荡荡、慨当以慷"，让人不禁为大自然的鬼斧神工和悠久的历史文化而赞叹。

郝世裕 内蒙古清水河县人,退役军人。清水河县作家协会会员,热爱诗歌和散文创作。

乡情萦绕黄河边

风光秀丽的清水河县老牛湾是镶嵌在万里黄河上的一颗璀璨明珠,是大自然赐予清水河的一份珍贵礼物。它静卧于晋陕大峡谷的入口,地理位置独特而奇妙,北靠内蒙古清水河县,南依山西省偏关县,西临内蒙古鄂尔多斯市准格尔旗,鸡鸣三市,见证着不同地域文化的交融与碰撞。这里是长城与黄河交会的特殊地段,独特的风光被《中国国家地理》杂志盛赞,入选"中国十大最美峡谷",还被列入国家5A级景区名录,已然成为清水河这个小县城熠熠生辉的旅游名片,与清水河县东南部的红色旅游景点老牛坡遥相呼应,共同构成了清水河特色旅游的双子星座。

老牛湾距离内蒙古自治区首府呼和浩特市一百六十公里，离包头市也仅有一百七十公里。从清水河县城启程，驾车沿着蜿蜒曲折的老牛湾旅游专线前行，不到一个小时，便能抵达这个令人心驰神往的老牛湾。一路上，窗外的景色如同一幅流动的画卷，缓缓展开，让人对即将见到的老牛湾充满期待。

到达景区，迈出车门的瞬间，映入眼帘的便是宽阔平整的神牛广场。广场的地上是一块天然巨石，未经人工过多雕琢，保留着最原始的质朴与自然，仿佛在诉说着岁月的故事。站在神牛广场上凭栏而望，古老的黄河就在脚下静静流淌，潺潺的流水声，宛如一首古老的歌谣，传唱着千年的历史。对岸，古老的长城犹如一条巨龙，在山顶蜿蜒盘旋，气势磅礴。三面环水的望河楼，充满历史的厚重感，历经几百年风雨侵蚀，依然傲然耸立的烽火台，它们默默见证着岁月的变迁，让人不禁联想到往昔的烽火硝烟以及早已远去的刀光剑影，心中涌起对历史的敬畏与感慨。

穿过古堡的洞口，沿着石阶缓缓而下，便来到了黄河边上。在这里，你可以选择乘上快艇，在黄河的波涛之上感受风驰电掣的速度，尽情释放内心的激情；也可以登上游船，悠悠地驶向万家寨水库大坝。十几公里的水路，沿途的风景如诗如画，让你悠然享受假日的闲适与愉悦。静静观赏两岸如刀削般的峭壁，感受大自然的鬼斧神工，仿佛世间的一切烦恼都被这壮阔的美景驱散。生活的琐碎、工作的疲惫，都在不知不觉中飘向九霄云外，只留下内心的宁静与平和。

乘船归来，一定要去体验一下老牛湾的窑洞。走进冬暖夏凉的窑洞，仿佛踏入了一个温馨的港湾。坐在里面，品尝一碗老牛湾的酸米饭，独特的口感，开胃健脾，瞬间唤醒味蕾；喝上一碗沁人心脾的酸米汤，清爽解渴，比任何饮料都更能滋润心田；吃上几个色泽金黄、筋道可口的软油糕，香甜的味道在唇齿间回荡，令人回味无穷；再尝尝味道独特的炖羊肉，肉质鲜嫩，香气四溢，让人欲罢不能。酒足饭饱之后，热情好客的主人还会端上一盘冰冻过的海红果，酸甜可口，不仅健脾健胃，还能补钙补锌，尝过之后，你一定会忍不住带几斤回去，与亲朋好友分享这份来自老牛湾的甜蜜。

享受完美食，别急着离开，一定要去探寻一下老牛湾古老的村落。古老的石阶、石巷、石碾，每一处都承载着厚重的历史，每一道痕迹都记录着老牛湾先人们生活的点点滴滴。漫步其中，仿佛穿越时空，与过去的岁月对话，感受浓浓的乡愁与眷恋。

老牛湾，这个能望得见山、看得见水、记得住乡愁的地方，就像一个世外桃源，吸引着无数人前来探寻它的美丽与神秘。朋友，欢迎您到老牛湾，赴一场与自然、与历史的浪漫之约。

肖引丰 笔名清雅,喜欢在文字中寻找一处寂静,让善良朴实的花开在每一个值得感恩的日子里。

来吧,老牛湾

"九曲黄河万里沙,浪淘风簸自天涯。"黄河的曲折汹涌,尽显威武力量,在这"黄河第一湾"奇妙相遇,造就了视觉奇观。

一道道山,一道道水,黄河与长城在一湾湾中相拥。咆哮的黄河,风雨兼程,与矗立深山、千古绝唱的老牛湾,柔情似水般相吻。不为情长,只为遇见,守护岁月,守护每一个月圆之夜。

每到山花烂漫时,内蒙古清水河老牛湾国家地质公园就成为游人们结伴同游的佳处。蜿蜒山路柏油亮,众鸟齐鸣,群山起舞。漫步其间,给心放个假,一路花草一路歌。守着时光,数数星星,听听山风,吃吃黄河鱼，趁着阳光正好，美美定格于"黄河第一湾"。放眼神牛广场的石块地板和古朴的窑洞博物馆，看看夕阳抱山归，不负春光，多美好！

人皆言家乡风光好，诚不欺我。老牛湾位于晋蒙交界处，以黄河为界，是鸡鸣三市之地。黄河从这里入晋，我国黄土高原沧桑的地貌特征于此展现。当地有民谣："九曲黄河十八弯，神牛开河到偏关。明灯一亮受惊吓，转身犁出个老牛湾。"美名流传至今，必有神秘古老之说。

这黄金地段，为历经黄河冲刷的老牛湾增色不少。潮起潮落，长城与黄河在此握手言欢，于碧波荡漾的暖水湾前互诉衷肠。亭亭玉立、修长绝美的身姿，婀娜于黄河湾中。咆哮的黄河在老牛湾和长城的亲和下，变得柔情静谧、水天一色，真乃蓝莹莹的天、清粼粼的水。

群山青黛色依旧，林间溪水欢始终。夏日清凉，冬日雪域的老牛湾，早晨常被安睡一宿的鸡鸣唤醒。睡梦中的老牛湾睁开蒙眬的双眼，环顾四周后，应和眼前守护之物，开启新一天，精心梳妆，以供来客欣赏。因地势特殊，奇特的水雾仿佛给其罩上千古缭绕的面纱，时起时落的醉女之巅，随日出升起，被暖阳收纳，瞬间犹如天女下凡，遇风卷起，如龙腾空速飞。纤细腰肢，蜿蜒体态，调皮的浪花撞击着老牛湾，却又相融，仿佛沙漠寻到绿洲。笑看修炼数年的佳境，恰似"人间四月芳菲尽，山寺桃花始盛开"，实乃雾里看牛湾，人间仙境美名传，令人甚感不虚此行，回头率极高！

午间，黄河人家会以地道的迎客方式，请你进入冬暖夏凉、石砌的窑洞，坐在由不规则石块铺就的热炕上。山茶水、酸米汤、莜面窝窝、山药蛋、地皮菜饺饺、油炸糕，还有劲道出名的炖豆腐、黄河鱼、小虾米，再配上一壶小酒，"哥俩好啊，干一杯啊，长城赏啊，黄河游啊，再来一杯好不好啊！"如此农家味道，让吃货们大饱口福。

顺着艄公的号子声，开启沿黄十八公里水上游览，鸟儿吟唱入我心，船儿漂荡伴你行。仰望山顶矗立的奇山异石，猴子头、望月观海、高不可攀的石雕等。若沿栈道长线徒步，沿途可全方位观赏老牛湾。深卧在碧水蓝天下，浩瀚无垠、独占鳌头，静享天时地利，接受母亲河洗礼，将最美的笑脸送给每位来客。古人云："沾衣欲湿杏花雨，吹面不寒杨柳风。"留下笑脸、背影和及腰长发，亦不为过。

抱山归的夕阳，映照在诗和远方的石窑洞上，挑灯夜战，成就一锅锅佳肴。一天的疲惫，在热炕上化作甘甜美梦，梦见初升的太阳，又开始新一天的忙碌……

若你性子慢，能感受悠悠我心的慢节奏，为鬼斧神工雕刻的峭壁悬崖涂抹厚厚的面霜，也为迟钝的笔增添几分墨香……

要问游山何处去？群山僻壤老牛湾。要问玩水哪里行？九十九道黄河第一湾。

因景而美，因路而兴，皆是惊喜。

来吧！我们在老牛湾等你！

姜俊兰 出生于呼和浩特市清水河县韭菜庄乡。呼和浩特市诗词学会会员,清水河县作家协会会员。爱好文学,偶有获奖。现居托克托县。

传说与美景交织的地方

清水河县的老牛湾,是一个令人心驰神往的旅游胜地,它的传说与美丽,如同陈酿美酒,越品越香。

说起老牛湾的传说,充满了神秘与奇幻的色彩。相传,在很久很久以前,这里是一片汪洋,百姓们饱受水患之苦。玉皇大帝得知后,派下一头神牛前来治水。神牛力大无穷,日夜劳作,用自己的身躯拱开了河道,让汹涌的洪水沿着新的河道奔腾而去。当神牛完成任务准备返回天庭时,却被这里的山水美景所吸引,舍不得离去。于是,它化作了一座山峦,守护着这片土地,从此这里便有了"老牛湾"的名字。还有一种说法是,当年大禹治水经过此地,遇到了难以开凿的山体,一头老牛挺身而出，帮助大禹开辟了河道，老牛湾也因此得名。这些传说，虽然版本各异，但都表达了人们对美好生活的向往和对这片土地的热爱。

除了动人的传说，老牛湾的自然风光更是美不胜收。这里是黄河与长城握手的地方，两种截然不同的文化在这里交会，形成了独特的景观。站在高处俯瞰，黄河宛如一条蜿蜒的巨龙，奔腾不息，在大地上勾勒出一幅雄浑壮阔的画卷。古老的长城则像一条蜿蜒的丝带，沿着山脊延伸，守护着这片土地的安宁。黄河水在阳光的照耀下波光粼粼，与长城的古朴厚重相互映衬，构成了一幅绝美的画面。

老牛湾的村落，也有着别样的风情。错落有致的窑洞，静静地坐落在山坡上，仿佛岁月留下的印记。窑洞的墙壁上爬满了绿色的藤蔓，给古朴的建筑增添了一丝生机与活力。走进村落，你会看到村民们悠然自得的生活场景，他们在田间劳作，在河边洗衣，脸上洋溢着淳朴的笑容。在这里，时间仿佛放慢了脚步，让人感受到一种宁静与祥和。

每到傍晚时分，夕阳的余晖洒在老牛湾的大地上，整个村落被染成了金黄色。黄河水在夕阳的映照下，泛起了金色的光芒，与远处的山峦、长城交相辉映，构成了一幅如诗如画的美景。此时，站在黄河岸边，听着河水的潺潺声，感受着微风的吹拂，仿佛置身于一个世外桃源，忘却了一切烦恼与疲惫。

暮色里的老牛湾是一面摔碎的青铜镜。河水在断崖下打了个旋，碎银般的光斑便顺着波纹漾开，正应了那句"九曲黄河十八弯，神牛一卧成河湾"的老话。崖上残存的烽火台像枚锈蚀的铜钉，将千年前的月光与此刻的晚风一并钉在赭红色的岩层里。

清水河县的老牛湾，它的传说与美丽，是大自然的馈赠，也是人类文明的瑰宝。在这里，你可以感受到历史的厚重，也可以领略到大自然的神奇。它就像一颗璀璨的明珠，镶嵌在祖国的大地上，吸引着无数游客前来探寻它的奥秘,感受它的魅力。让我们走进老牛湾,聆听古老的传说,欣赏美丽的风景,在这片神奇的土地上,留下属于自己的美好回忆。

高 锦 出生于呼和浩特市清水河县韭菜庄乡十七沟村。呼和浩特市作家协会会员,清水河县作家协会会员。热衷于新闻、文学和曲艺创作,多次获奖。

峡谷寻幽心自闲

在内蒙古呼和浩特市清水河县黄河岸边,老牛湾静静诉说着跨越千年的故事。这里,是自然伟力与历史厚重交织的圣地,滔滔黄河、悠悠峡谷、铮铮长城在此相遇,碰撞出震撼灵魂的火花,凝练成一座特色鲜明、兼具观赏性与科普性的国家地质公园。

"九曲黄河十八弯,神牛开河到偏关。明灯一亮受惊吓,转身犁出个老牛湾。"古老的歌谣传唱着老牛湾的传奇身世。老牛湾,地处杨家川河与黄河的交汇处,由于亿万年的河流地质作用和独特岩性,两河相拥之处,竟勾勒出牛头的形状,恰似神来之笔,妙不可言。自明代明确有"老牛湾"的记载起,它便静静见证着朝代更迭、岁月变迁，成为黄河文化与峡谷地貌交融共生的鲜活例证。

这里，是天下黄河九十九道弯中最璀璨的那道弯，是国家5A级景区，是国家级地质公园，更是"中国最美十大峡谷"之一。黄河作为天然的界河，划分着山西省偏关县、呼和浩特市清水河县、鄂尔多斯市准格尔旗。黄河由此入晋，内外长城于此交会，黄河晋蒙大峡谷自此开端。站在这片神奇的土地上，大河奔腾的磅礴气势、长城蜿蜒的雄浑壮阔，一同闯入视野，让人不禁为大自然的鬼斧神工而心潮澎湃。

老牛湾的美，是多元而立体的。城湾、太极湾、老牛湾和留香湾构成四个区域，宛如一幅天然的山水画卷，每一帧都美得令人窒息。黄河在这里画出一道近乎270度的大回环，与金色的土地相拥，绘就了一幅活灵活现的周易八卦阴阳鱼太极图案，太极湾之名当之无愧。站在高处俯瞰，峡谷地貌纵横交错，瀑布景观灵动跳跃，华北北缘相对完整的古生代地层系统、古生物化石等，共同构成了老牛湾独特的地质风貌。这里涵盖地质全貌、水体景观、地质剖面、地质构造、古生物五大类地质遗迹，是一座天然的地质博物馆，散发着无尽的科普魅力。

对岸的老牛湾古堡，建于明崇祯九年，宛如一位沧桑的老者，静坐在黄河大峡谷的悬崖高处，俯瞰着岁月的流逝。望河楼作为明代建筑的精品，精致的雕梁画栋诉说着往昔的繁华；整个村庄则是一座经典的石头建筑博物馆，每一块石头都承载着历史的温度，每一条缝隙都藏着古老的故事。黄河与长城、古堡、古村、古庙、栈道、码头，还有两岸的奇峰异石相互映衬，构筑成一道风格独特的风景线，时间在这里仿佛凝固了，历史的韵味扑面而来。

老牛湾不仅有震撼人心的自然景观和深厚的历史底蕴，还有丰富多彩的民间传说。老君驾神牛开河的传说为老牛湾蒙上了一层神秘的面纱，也从侧面反映出当地古朴的黄河文化与独特地貌的紧密联系。而老牛湾峡谷中的景观更是如同一串璀璨的明珠，镶嵌在这片神奇的土地上。每一处景观都蕴含着大自然的奇妙构思和先人的浪漫想象，让人沉醉其中，流连忘返。

当夕阳的余晖洒满老牛湾，整个世界都被染成了橙红色。此时，走进峡谷悬崖之上的古村落，仿佛穿越时空，回到了过去。这里的人们延续着黄土高原古代先人的居住形式——窑洞。窑洞所用石材多就地取材，质地坚硬，色彩明快，窑面砌石雕刻精美，石刻花纹造型讲究。"远来君子到此庄，休笑土窑无夏房。虽然不是神仙洞，可爱冬暖夏天凉。"这首诗生动地描绘了窑洞的独特魅力，沧桑的窑洞群，不仅是居住的场所，更是一部部无言的史书，形象地勾勒出古时老牛湾人民的生活场景，极具观赏性和科普价值。

玩累了，不妨品尝一下老牛湾的美食。清水河羊肉，因羊在"吃着中草药，喝着矿泉水"的原生态生长环境中长大，肉质鲜嫩，营养丰富，炖羊肉入口即化，香味久久萦绕在舌尖；老牛湾黄河鲤鱼，体态丰满，肉质紧厚，鲜嫩刺少，是黄河馈赠的美味；酸米饭口感绝佳，消食健胃，与之搭配的酸米汤清凉泻火，消暑养胃，是夏日里的绝佳饮品；油炸糕色泽金黄，外皮酥脆，每当有朋自远方来，好客的老牛湾人民总会热情地端上一盘，送上"祝君永远步步高"的美好祝福。还有包装精致、酸甜可口的果丹皮和山楂片儿，味道纯正、酸味芳香的清水河米醋，每一种美食都承载着老牛湾的风土人情，让人唇齿留香。

老牛湾，是一座生态宝库。这里约有野生植物四百一十八种，其中甘草、山丹、手掌参等为自治区级保护植物；国家一级保护鸟类大鸨、国家二级保护动物岩羊、鹅喉羚等也在此栖息。走进这片土地，认识植物的品种，制作植物标本，了解动物的习性，感受大自然的神奇与美妙，每一次探索都是一次心灵的洗礼。

如今的老牛湾已是国家5A级景区,朝气蓬勃,散发着无穷的魅力。这里有看不完的美景、学不完的知识、尝不完的美食。来吧,五湖四海的朋友,走进清水河老牛湾这座大自然学堂,让我们一起聆听黄河的涛声,触摸长城的沧桑,品味历史的韵味,感受生态的美好,在这片神奇的土地上,留下属于自己的独特记忆。

> **王东麟** 2003年4月出生,自幼热爱读书,发表作文和摄影作品100多篇,并多次获奖。2014年被内蒙古自治区党委宣传部评为"美德少年"。2018年,出版个人作品集《我与笔墨话成长》。

大美老牛湾

我的家乡在清水河,这里一年四季风景如画,山河多姿。在这片美丽的土地上,有一处大自然鬼斧神工造就的奇观——清水河老牛湾国家地质公园。

老牛湾处于晋蒙交界之处,以黄河为界,南面是偏关县,北面是清水河,西面紧邻准格尔旗。晋陕蒙大峡谷从这里起始,黄土高原独特的地貌在此尽显无遗。黄河那雄浑壮阔、奔腾不息的景象,在此处一览无余。"黄河之水天上来,奔流到海不复回。"李白的这一诗句,生动地描绘出了黄河的磅礴气势和一往无前的豪迈。

去年,我满怀期待地来到了心心念念的黄河胜景老牛湾。首先映入眼帘的是太极湾，其名如其形，这是一个270度的大回湾，在整个黄河流域中，它的弯度堪称一绝。正因为其呈现"S"形的大转弯，恰似八卦中的太极图，故而获此美称。

这里水草丰美，无论从远处眺望还是在近处细观，黄河的生态之美都毫无保留地展现在眼前。临近河岸的地方，充满了蓬勃的生机，绿意盎然。蓝天、绿草、黄河水相互交融，仿佛构成了一幅绝美的《春归图》。鸟儿在枝头欢快地歌唱，家家户户的院里院外、坡坡梁梁、沟沟岔岔，脆枣、海红果、苹果树随处可见。那古朴的石窑洞、悠久的古村落、富有特色的碌碡场面的农家院落，让人不禁感叹：老牛湾村早在2014年11月就被国家住建部等七部委命名为第三批中国传统村落，这是多么值得骄傲的事情！

我们站在凉亭之中，凝望着这如诗如画的美景，内心不禁涌起阵阵感慨：这无疑是大自然慷慨赠予我们的珍贵礼物！

欣赏完太极湾那浑然天成的美景之后，我们来到了老牛湾。

传说有一年，此地遭遇了一场凶猛的大洪水。这一情况被天神知晓后，天神派遣太上老君前来处理。太上老君心怀慈悲，体恤民间百姓的疾苦，于是派来一头神牛，并将犁套在神牛的脖子上。太上老君一声令下，神牛拉着犁一路向东，就这样造就了如今的老牛湾。古老的传说与天然的美景相得益彰，成就了现今独特的长城与黄河相握的景观。

这里景色如此迷人，还有一个重要的因素，那便是湾壁岩石上深深的沟壑。这些沟壑仿佛在诉说着过往岁月里饱经风霜、日晒雨淋的沧桑故事，又像一位虽已步入暮年但依旧豪情满怀的战士，坚定地屹立在黄河之畔，注视着世事变迁。

要说最为引人注目的，当属长城上的烽火台，望河楼威严地矗立在黄河岸边。极目远眺，它就像一位威风凛凛的大将军，静静地凝视着远方。当我的目光与它交会时，仿佛读懂了它所蕴含的深意，也洞悉了那源远流长的历史：黄河与长城，一个是大自然的慷慨恩赐，一个是历史的珍贵遗迹。它们在老牛湾相聚、相守、相望数百载，为人们留下了无尽的遐想……

大美老牛湾，你是如此令人陶醉，我深深地爱着你！

岁月辙印

印象老牛湾

> **邢永晟** 中国电影家协会会员,中国电视艺术家协会会员,内蒙古电影家协会理事,内蒙古戏剧家协会会员,内蒙古作家协会会员。出版长篇小说、主编文学作品集4部,担任编剧的电影、小戏小品8部,发表中短篇小说、散文、戏剧影视剧本20多篇(部),作品获内蒙古自治区"五个一工程"奖。

黄河寻脉

到喇嘛湾看黄河

春气萌动,残冬未尽。春阳似乎还没有完全明亮起来,河边的柳梢就悄悄地冒出了绿芽。我们一行人突然决定,要到喇嘛湾看黄河。决定如此突然,让人有些措手不及,就像这个春天的绿,在尚未感受到春雨的丝丝凉意时,便已盎然起来。

春日到喇嘛湾看黄河,无疑是最好的季节。此时的黄河,历经了一个冬季的蛰伏,展现出不温不火的姿态。它不像夏日黄河的激情澎湃,也不像秋日黄河的老练沉闷,更不像冬日黄河的温顺驯服。此时的黄河,处处充满新生，充满诗意。

"啊，黄河，我来了——"人们站成一排，双手放在嘴边，向着黄河齐声大喊。

站在凤凰山顶俯瞰，黄河如同一条明亮的丝带铺满河床，将人的目光牵引至遥远的天际。人的思绪也随之飘向远方。在这个快节奏的时代，人们总是忙碌奔波，很少有时间和心情去回望深藏在心底的往事。然而，往往就在不经意间，一山一水、一景一物、一歌一曲、一事一人，便能触发内心深处记忆的开关，如同打开尘封往事的闸门，让那些曾经的年少时光和稚嫩面庞重现眼前，让人不禁想问一声：曾经的少年，你们如今还好吗？

喇嘛湾的黄河，河面宽仅一二里。河岸曲折且平缓，如同画家随性勾勒出来的线条。黄河水"哗哗"地流淌着，偶尔卷起一个漩涡，在阳光下闪烁着细碎的光芒。走到河岸边，河水混混沌沌，令人眼晕，仿佛稍不留意就会趔趄倒下。

"往后站，往后站！"同行者的呼喊声传来。我回头望去，他们站在远处焦急地向我招手，生怕我被突然坍塌的河塄带入水中。我往后退了几步，低头看时，河水不停地拍打着岸边的泥沙。水边的河泥形成数尺高的河塄，一浪接着一浪冲击在河塄上。我发现，后浪并非将前浪拍打在沙滩上，而是匆匆将前浪带走。长江后浪推前浪，此刻，我对这种说法产生了些许怀疑。有时的后退，未必就全然是坏事。由此，我也明白，在人生的旅途中，前进固然重要，但适时的后退与调整，或许能让人更好地积蓄力量，应对挑战，再次前行。

岸边，一艘废弃的小船静静停靠，这里曾是繁华的古渡口。几十年前，这里还是车水马龙、商贾云集，是喇嘛湾重要的水陆交通枢纽。听村民聚财说，当年羊肉三毛六分钱一斤时，渡口上的黄河鱼就能卖到三块钱一斤。聚财对社会的迅速发展感慨万千，同时也为村里人口的日益减少而叹息。慨叹之余，他只说了句："活着呗。"简简单单的三个字，满含着岁月的沧桑和生活的无奈，不禁令人反思社会变迁给乡村带来的冲击，反思在时代浪潮里怎样坚守乡村的根脉与灵魂。

驱车行驶在沿黄公路上，眼前的景色令人目不暇接。从喇嘛湾起，黄河进入石河，河面比上游沙河窄了不少。黄河在河床中奔腾不息，一路南下，气势磅礴。沿岸山峦起伏，峭壁嶙峋，怪石突兀，千姿百态。河道或宽或窄，或弯或直，劈山削壁，刀切斧凿；河水或缓或急，或明或暗，波澜起伏。这一段风平浪静，下一段恶浪丛生；这一段一泻千里，下一段曲折回环。在跳跃与平静中，让人感受生命的律动。滔滔黄河奔腾不息，水波在阳光下闪烁如金。一步一景，景随身行；移步换景，景景动人，满眼都是大自然馈赠的壮丽诗篇。

春日到喇嘛湾看黄河，朋友们结伴同行，有欢歌，也有微笑。听河声，是一种快乐；吹河风，是一种惬意；观河景，是一种沉醉。立于高山顶，仿佛能听到远古的呼唤；行走于阡陌中，能感受众生百态；静卧山石间，能思索生命的流淌，不禁让人感慨："逝者如斯夫，不舍昼夜。"

古老的黄河，一刻不停地向前奔腾，历经春荣夏盛、秋瑟冬肃。这，便是黄河的生命，也是黄河的命运。我决定追寻着黄河历史的履痕，触摸她的脉搏，感受她的律动，去领悟她生命的深邃内涵。

拐上的思索

站在拐上的公路旁，放眼远望，黄河自西而来，与红色的凤凰山狭路相逢，猛的一个转折，向南拔身而去。山因河而巍峨险峻，河因山而壮阔宏伟。回望喇嘛湾，静卧黄河边。高高的凤凰山立于东边，仿佛一道天然屏障，默默守护着喇嘛湾。红色的凤凰山在阳光下熠熠生辉，与蜿蜒的黑色公路、错落的青色房舍以及浩浩汤汤的黄河交相辉映，共同勾勒出一幅温馨的诗意水乡画卷。

"喇嘛湾，好美啊！"不知是谁赞叹道。凤凰山下的喇嘛湾，紧傍黄河不缺水，有着与众不同的小气候，夏日酷热难耐，冬天温暖宜人，节气总比清水河县的其他乡镇来得更早一些，因而曾被当地人誉为"江南小镇"。多年以前，拐上村本是独立的村落，与喇嘛湾的跃进、前进、红旗等村毗邻，随着村民的增加，不知从何时起，这几个村子悄然连在了一起。

拐上，并不是向上拐的意思，在当地的方言中，意为拐角。就像"桌拐子"，在当地并不是指古代的刑具，而是指桌子的拐角。拐上这个村名，与"黄河几字湾"的拐弯有何关联？我打开地图，看到黄河从西北进入喇嘛湾小石窑境内，一路向着东南方向疾驰，离开喇嘛湾后又转向东，稍后校准方向，过拐上村转南直下，自此一路向南，直至抵达山西运城的风陵渡，接着掉头向东，完美构成了"几"字右边笔直的南下部分。几年前，我曾沿着"黄河几字湾"的右边南下段，至风陵渡进行采访，只为亲身领略这段黄河岸边独特的地域风貌与风土人情。

站在路边看黄河，与坐在行驶的车上看黄河的感觉截然不同。坐在车上看黄河，黄河是静止不动的，即便驱车从岸上驶过也是如此。

"黄河怎么不动？"车上众人的疑惑，在下车的刹那全都化作了惊叹与词穷："哟，真美！"

此时的黄河，如同大家闺秀，沉稳大气，不疾不徐，悠悠地流淌，却又震撼人心。

抬眼望去，喇嘛湾黄河大桥飞架东西两岸，如同长虹卧波。三十年前，我曾骑着自行车，沿着黄河来到这里采访。那时的公路上车辆稀少，沿途只见到一辆卖菜的脚蹬三轮车。车上挂着一个红色喇叭，边走边播放录音："韭菜，韭菜。"村里还有卖菜的？当时我感到十分稀奇。一晃而过，社会飞速发展，如今，这里已成为鄂尔多斯煤炭外运的重要通道，运煤车一辆接着一辆，在黄河大桥上穿梭。

远处，黄河以锐不可当之势，一头扎进秦晋大地，在坚硬的岩石间硬生生劈开一条深邃的峡谷，让人不禁感叹：明知山有虎，偏向虎山行。

拐上村所处的位置，无疑是黄河流向由东南方向转向南下的拐点，这也是拐上村名字的由来。至此，我才真正领悟到拐上村名字的深刻内涵。这一独特的地理位置，不仅是大自然鬼斧神工的见证，更是黄河不屈精神的另一种体现。我恍然大悟，其实人生之路，有时难免也会经历曲折，但只要能够如黄河之行，关键时能够转折，秉持黄河般的坚毅与执着，就一定能在困境中开辟出属于自己的航道，向着远方奔腾不息。

我们从公路走到河岸边，渴望与黄河进行一次更为亲密的接触。靠近水边才发现，黄河水的流速很快。众人感受着黄河的气息，有人无法承受黄河气流的冲击，一阵眩晕，生怕一个趔趄栽进黄河里，只得向后退了退。

大家随意走进黄河岸边的一户人家，屋内坐着一位八十二岁的老人。众人围在老人身旁，让她讲讲年轻时的经历。老人说道："我一说，人家就说我是倒苦水。"老人颇为健谈，讲述了年轻时因缺衣少食跟着男人去过后山，却又因后山冬日严寒难耐，重新回到黄河岸边；讲述男人以打鱼维持生计，生活艰辛；讲述当下社会发展变化，儿子育有三儿一女，都发展得很好，自己如今也幸福安乐。当被问到拐上是什么意思时，老人回应："村子的名字，能有啥意思！"老人不知道拐上的含义，更不清楚"黄河几字湾"，这着实令人感到有些遗憾。

明知前方道路布满艰难险阻，却仍旧奋勇向前，在曲折中坚毅前行，在困境中顽强抗争。这，便是黄河的品格，也是黄河儿女的品格。时代变迁，黄河两岸的生活发生了天翻地覆的变化，但黄河所孕育的不屈精神，始终在黄河儿女的血脉中流淌。

榆树湾古渡

榆树湾村南，离开沿黄公路西行三十米，就是榆树湾古渡的旧址。昔日繁华的渡口，如今冷冷清清。民国时期建起的房舍，仍倔强地坚守在渡口上，如同一位暮年的卫士，默默诉说着曾经的故事。

如今，渡口上仅有村民老郝还在此居住。经过老郝的院子，跨过低矮的石头墙，登上鱼池的围堰，再沿着鱼池坝梁绕到对面，视野豁然开阔。黄河水从北向南汹涌而来，浊浪滔滔。鱼池脚下便是古渡口。从鱼池向西，一直延伸到河底。

老郝的祖上是黄河边赫赫有名的造船匠。问起老郝祖上造船经历过多少代，年近六旬的老郝因没赶上那个辉煌年代，只能遗憾地说道："听老人们讲，黄河里的好多船都是我们家做的。"不过，老郝对黄河船的形制了如指掌。他说，黄河船有条船、高帮船、七站船、小五站船。黄河船底宽是帮高的两倍，称作"一帮二底"；船长是船宽的三倍，称为"一宽三长"。最大的一条船，船宽二丈四，按照"一宽三长"的比例推算，船长是七丈二，顺水下行最多能装八万斤。

说是渡口，其实就是一段用石头砌成的坚实路基，远远没有如今的码头奢华。河岸低，渡口的坡度大约十几度，从高到低，缓缓没入水中。裸露在外的部分约有三十米，延伸到岸上的部分已被鱼池覆盖，至于伸向黄河的部分有多长，老郝也说不清楚，只是说："可长哩，一直通到河底。"渡口的石基宽二十多米，分为主路和侧坡，两者之间的缝隙笔直规整，看起来异常结实。如此精湛的工艺，正是它历经无数岁月冲刷，依然能够保存下来的原因。

榆树湾古渡究竟起源于何朝何代，早已无从考证。关于榆树湾古渡的记载，最早出现于清代的《清水河厅志》。清代，清水河县的古渡口一共有十四个，分别是喇嘛湾、拐上、榆树湾、二道塔、牛龙湾、上城湾、阳落滩、圆湾、沙湾、柳清河、宽滩、下城湾、打鱼窑、老牛湾。在前几年采访时，为了好记，我编成了几句顺口溜："喇拐榆二牛，上阳圆沙柳，宽下打老牛，黄河十四渡。"

出于好奇，我翻阅了《黄河上游水运史》。黄河上游水运的发展，与社会制度的演变、社会经济的兴衰等因素息息相关，是沿着津渡码头港的时间脉络逐步发展而来的。津渡的产生，多是因为部落迁徙、首领互访、战事等，最初作用主要是在黄河两岸摆渡。据《竹书纪年·卷下》记载，早在公元前989年，就已经有了黄河渡运的记录："秋七月，西戎来。"不过，以"津"命名的渡口，流传至今的并不多，像甘肃境内有金城津、青石嘴津、临津，内蒙古境内有君子津。码头兴起于明清时期，在渡口的基础上，黄河上游逐渐形成了一些人和物集散的码头。明清时期兴起的码头，内蒙古段主要有八个，即旧磴口、三盛公、马道桥、园子渠桥、东吉大桥、义和渠、南海子、河口。而港口的出现则最晚，1840年到1911年间，黄河上游悄然兴起了兰州、石嘴子、南海子三个港口。

一直以来，喇嘛湾有君子津的说法。人们问起君子津的具体位置，老郝说，榆树湾古渡就是君子津。接着，老郝讲起君子津的故事。古时，洛阳商人从君子津的渡口过河时不幸身亡，津长对商人所带的钱财分文未动，第二年，将钱财全部交给了前来寻找父亲的商人的儿子。这个古老的故事被原原本本地记载在《水经注》里，出处可靠。

我从黄河岸边回来查阅资料，想寻找榆树湾古渡与古君子津之间联系的蛛丝马迹。关于君子津古渡的说法有两种：一是据《水经注》记载，君子津在云中城西南二百余里，榆树湾古渡的方位和距离正好符合这个范围；二是《魏书·帝纪》记载，北魏始光四年，魏太武帝拓跋焘讨伐西秦时，在君子津造桥，这座桥是用船和木料相接而成的浮桥。《元和郡县图志》还记载，君子津河阔仅一里。《绥远通志稿·要隘》记载："（君子津）崖岩壁立，高可百仞，登巅俯视，洪流骇浪，响声雷动。岸旁居民颇多，距河数丈或数十丈等。两岸鸡犬相闻，田园种植，渔歌互答，舫艇出没，大有世外桃源之概。"以喇嘛湾为界，上游是沙河，河面宽阔，河岸会随着河水流量的变化而改变，古时不易建立渡口和浮桥，这也是历史上喇嘛湾到包头段渡口少的原因；下游是石河，河岸稳定，建立渡口不易被水冲毁。榆树湾村"崖岩壁立，高可百仞"，是该段黄河最窄处，符合当时造桥的条件，这也充分体现了古人的智慧。

渡口前，停泊着老郝的船。黄河禁渔期结束后，老郝闲暇之时，就开着小船到黄河里打鱼。打回来的鱼如果一时卖不完，他就把鱼放进鱼池里养着，等有人来买，再从鱼池里捞出来。老郝自豪地说："我这鱼是正宗的黄河鱼，绝不是那种'洗澡鱼'。"同行的人开玩笑问道："那属不属于'挂职鱼'？"老郝不明白"挂职鱼"是什么意思，只是咧着嘴憨厚地笑。老郝打鱼经验丰富，他告诉我们，开河鱼价格最贵，一斤能卖到一百多元；洪水鱼最好打，因为洪水把鱼都冲蒙了头。有人好奇地问："老郝，鱼不是会游泳嘛，怎么会被冲懵了头？是鱼的想法，还是您的想法？"老郝听了又笑起来，那笑容里藏着黄河给予他的朴实与豁达。

对于榆树湾渡口的印象，老郝说20世纪六七十年代最为繁华，开始成立了胜利木帆船合作社，后来又改为船业队，再后来归包头航运局管理，还引进了拖轮，三百多只木帆船进进出出，十分繁忙。

其实，在清代，榆树湾渡口就是万里茶道归化城晋商回货黄河水运的起始点。那时,归化城旅蒙商号大盛魁、元盛德和天义德等流向内地的货物,就是从这里装船运送到山西碛口渡口的。正因如此,清水河段黄河渡口众多,喇嘛湾渡口、拐上渡口、榆树湾渡口,不足五公里范围之内,三个渡口密集出现。那时,这里店铺林立,有永庆店、世和德、天庆店、庆延店、庆长店等几十家,"高接人"肩挑背扛,驴驮马载车运,一片繁荣,热闹非凡。

古渡无言,黄河有声。榆树湾古渡守望着黄河,它的故事,也将随着黄河水,永远流淌在中华大地的血脉之中。

曹家湾的莲花盆

沿黄公路从曹家湾村通过,将曹家湾村一分为二。路东的村民,院落依山而建;路西的村民,屋舍点缀在河岸上。与喇嘛湾一样,曹家湾也是凤凰山下的村子。不同的是,曹家湾离凤凰山更近,有的村民甚至将院落建在半山坡或山湾里,红色的山石砌的窑洞、红色的村道与红色的凤凰山融为一体。

村民的建筑将沿黄公路挤成了一根肠子。我们找到宽敞的地方停下车,却看不到一个人。不像在喇嘛湾,人们吃饱了没事干,坐在台阶上扯闲话。在村民老曹的带领下,我们顺着凤凰山向上爬,沿途野花肆意绽放,缤纷的色彩点缀着低矮的松树林,清新的草木香气弥漫在空气中,让人感到心旷神怡。

终于抵达山顶,眼前的景象瞬间让人忘却了所有的疲惫。山下的黄河水十分清澈,在阳光下波光粼粼。大家喘了一口气,继续跟着老曹往前走,一条红色的沟谷渐渐呈现在人们眼前,如同大地裂开的一道缝隙,红艳艳的。沟谷里,二十多米高的红色石柱拔地而起,顶端擎着莲花盆。大

家站在沟谷边，欣赏着眼前的奇景，赞不绝口。莲花盆造型优美，纹理细腻，仿佛一件精心雕琢的艺术品。

"大家看，下面是红蟾。"顺着老曹的指点望去，莲花盆的下面有一只形象逼真的红蟾。红蟾与莲花盆相互映衬，构成一幅奇妙的画面，让人不禁感叹大自然神奇的创造力。

清朝嘉庆年间，老曹的祖先从山西临县肩挑家什，沿着黄河逆流而上来到这里。当时，黄河岸边的渡口十分繁华。老曹的祖先就在渡口上暂住下来，积蓄力量，继续逆流而上。有一天黄昏，老曹的祖先发现红蟾在夕阳下变成了一只金蟾，散发着金光，活灵活现，微风吹来，金蟾呱呱鸣叫，似要跳跃起来。曹家祖先认为此地不俗，便长期住下来，取名曹家湾。老曹说："我们小时候，每到五更天，村里的鸡就开始打鸣，山上还能听到莲花盆里的蛙鸣声，后来有人把金蟾取走了，就再也听不到蛙鸣声了。"

从山上下来，村口站着打扮时髦的小媳妇儿，怀里抱着孩子。看到老曹，问："大爷，上山看莲花盆去了？"女人怀里的孩子眼睛黑溜溜的，冲着老曹笑，显然也认识老曹。老曹说起话来爽朗达观，介绍说，这是他三兄弟的儿媳妇，刚从城里回来。

人们陆续搬进城居住了，村子一天比一天凋敝。回到路上，我们才又看到几个人。人们以为是收古董的，走过来打问。得知我们是了解黄河往事，随即失望离开。在今天的儿孙们那里，关于黄河，关于古渡，关于跑河路，关于祖辈的生活方式，谁还在乎这些！老曹告诉我们，村里人多地少，自从不跑河路了，村里就留不住人了，这几年人口流失得更加厉害，年轻人大都进城挣钱去了。我问老曹："你也还年轻，为什么不走？"老曹仰起头看了一下天，叹了口气说："不走。"

是啊，靠山吃山，靠水吃水。一直以来，人们靠着一条黄河，凭着河路吃饭，人丁逐渐兴旺，小村变成大村，才有了今天的曹家湾。

接着，我们跟着老曹见到了年轻时跑了二十多年河路的曹二老汉。当年跑过河路的人，大多已不在人世了，现在活着的老人也都九十岁左右了。说起年轻时跑河路，曹二老汉十分感慨："拉船苦是苦，可没办法呀。好马不恋栈，男儿不守家。"

曹二老汉讲，有一年他们上冻前从后套归来，黄河已经开始流凌，眼看就要封河了。夜里担心冰凌会铲破船，便把大船停在回水湾过夜，谁知第二天起来水落，船在沙滩上搁浅了，怎么都拉不出去。当时西风正猛，水瘦山寒。跳进齐腰深的冰冷河水中，铁打的汉子也腿软三分，冻得人真想跳起来打人。

说起过往，曹二老汉情绪有些激动，他表示这还不算最难的。最为凶险的，当属僵了船。船在激水里拉不上来，紧急时刻打不开绊拐，叉套与船缆断不开，河路汉就会被倒拉进河里。老人告诉众人，前河有个姓贺的老艄跑夜船没看清河道，亲手把两个儿子倒拉进了黄河。人没能救上来，疼得老艄当场昏倒在船上。

干的是人活，山的是牛力，走的是鬼路，这就是河路汉平常的日子。在拉船时，河路汉身体受损最严重的是春秋两季。春季流凌过后，河滩上有的地方是水坑，有的地方是冰凌，河路汉没法穿鞋，只能赤脚踩着冰块前行，春拔骨头秋拔肉。说着，曹二老汉卷起裤腿露出小腿，青绿的血管像一条条蚯蚓，这是极为严重的静脉曲张。

曹二老汉说着，叹道："黄河是指望不上了，跑河路不可能了，打鱼也不可能了，每年禁渔期长，村里人开会，商议看能不能利用莲花盆开发旅游，增加些收入。"

黄河之水天上来。在黄河水运鼎盛时期，满河的大船，满河的黄金，上上下下，热闹非凡，从水天相接处不断流来。我们不难想象，那是一种多么壮观,又多么充满生机的景象。

离开曹二老汉家,初春的阳光温暖地洒在村子里。沿黄公路不时有车驶过,扬起一阵黄土。村前的田地里,有人开始顶凌耕作。刚刚流凌过后,已有小船荡漾在黄河里,马上就要进入禁渔期了,那是曹家湾人在争分夺秒地打鱼。

老虎沟界

曹家湾以南有一条沟叫老虎沟。沟口处,几棵老柳虬枝盘结,身姿佝偻,将沟口塞得满满当当,像一群堵在院门口悠然晒太阳的老人。早春时节,阳光煦暖,这里无疑是一处避风港,柳树早已被春风染绿。黄河岸边的春天总是来得格外早,阳窝窝里,星星点点的绿芽顽强地顶破土皮,像孩子好奇的眼睛四处张望着。

一下车,春风裹挟着黄河的泥腥味扑面而来。人们穿过公路,直奔黄河。岸上灌木参差不齐,柔软的枝条随着河风曼舞。河岸低矮,有卵石垫底,还算安全,信步而下,就直接走到水边了。此时的黄河,缓缓向前流淌,浑浊的泥水翻滚着,偶尔泛起一朵浪花,调皮捣蛋地跃上水面,逆水而上,发出窸窸窣窣的声音,像锅里刚滚开的水。

众人跟着村民老乔返回老虎沟口,老乔指着沟北的石缝说道:"看,这就是起点,凤凰山的红砂岩到这儿就断了,下面全变成了石灰岩。"老乔的话激起了人们的兴趣。

黄河进入喇嘛湾,在红色的凤凰山脚下,沙河变成石河,河道收紧,水流湍急。黄河劈开秦晋高原,一头扎入峡谷之中。东岸是古老的吕梁山脉,西岸是鄂尔多斯高原。黄河一路咆哮,奔腾七百二十五公里,经过二十七个县市,最终抵达山西河津禹门口。

禹门口是个不错的地方，晋陕大峡谷在这里总算止住了脚步。黄河出禹门口后，河道由一百米一下子扩展到十公里，烟波浩渺。几年前，我曾慕名前往禹门口，亲身感受了"禹门三激浪，平地一声雷"的壮观景象。

晋陕大峡谷的终点在禹门口，这是众所周知的事实。然而，它的起点究竟在何处？专家们各执一词，给出了不同的见解。有人说在托县河口，有人主张是清水河县老牛湾，还有人称是山西河曲。

老乔说："按照石头的颜色，老虎沟就是晋陕大峡谷的起点。"老乔不是专家，说话没有什么分量。但晋陕大峡谷石灰岩从老虎沟开始，这是不争的事实。喇嘛湾凤凰山红色砒砂岩向南倾斜，压着灰色的石灰岩，岩层界线清晰。

老乔并没有跟着大船跑过河路，但老乔跑过快艇，对黄河清水河段十分熟悉。二十五年前，老乔购买了快艇，在喇嘛湾和老牛湾之间接送游客。人们缠着老乔，让他讲黄河峡谷的故事。老乔一拍胸脯，说："想听故事，太多了，这段峡谷，我闭上眼睛也能知道走到哪儿了。"接着，老乔就绘声绘色地讲起了太极湾的故事。

太极湾，黄河回环，形似太极双鱼图。相传，大禹在黄河太极湾这个地方治水，妻子涂山氏在大禹的衣襟上绣上一对阴阳鸟，寓意她与大禹形影相随。治水时，只要大禹的衣襟被水浸湿，阴阳鸟就有了生命，跃入水中。阴阳鸟就是后来的鸳鸯，由阴阳的谐音演变而来。由此，鸳鸯常常比喻夫妻恩爱、情真意切。唐代卢照邻写的《长安古意》中有诗句："得成比目何辞死，愿作鸳鸯不羡仙。比目鸳鸯真可羡，双去双来君不见。"老乔说："这段黄河，只有太极湾才有鸳鸯，它们是大禹治水留下来的。"

在清水河县，黄河收编浑河和清水河两条支流，在老牛湾离蒙入晋。这里，两岸悬崖高耸，陡峭险峻，南依山西省忻州市的偏关县，北靠内蒙古呼和浩特市的清水河县，西接鄂尔多斯市的准格尔旗，是一个鸡鸣三市

的地方,也是"中国最美十大峡谷"之一。

去年,老牛湾着手创建国家5A级景区,我有幸参与其中。围绕景区景观挖掘出不少动人故事,有些与大禹治水有关,也有其他神话传说。比如,"大禹治水"是大禹站在四座石塔上察看水情;"禹开九州"是大禹挥斧劈山留下的斧迹。此外,还有"老君开河""神龟增寿""神猿水圣"等诸多传说。

老乔肯定地说,清水河这段黄河峡谷,就是大禹带人开凿而成的。

其实,关于蒙晋陕大峡谷的形成原因说法不一,有说是黄河沿着地球板块缝隙冲刷而形成的,也有说与大禹治水有关,还有太上老君神牛犁河的说法。《尚书》《易经》记载的"河图洛书中"的河,就是指黄河。沿着蒙晋陕大峡谷南下,石楼县的黄河第一湾、永和县的乾坤湾,还有山西吉县壶口瀑布和河津市的禹门口,在许多地方都能听到关于大禹治水的传说。

传说终归是传说,再回到"界"的话题。真正的界限,不过是永恒流动中短暂的停留。就如同老虎沟之界,又何必执着于深究界限究竟在何处呢?

孙虎原 退休教师。自幼学习刻苦、生活俭朴、做事认真。爱好阅读与写作,作品散见于《内蒙古教育》《老年世界》《内蒙古日报》《呼和浩特日报》等报刊。已出版作品集《年轮上的绿叶》。

三下老牛湾

上小学的时候老师讲过:"黄河是我国的第二长河流,是中华民族的摇篮。"随着年岁渐长,我又知道黄河就从我的故乡——清水河县境西部边缘由北向南流过,在六十五公里的河段中绝大部分是峡谷,景象极其壮观。参加工作后的一九九三年初冬,县教育局委派我和其他几位同志到黄河之滨单台子乡检查学校工作,这使我观赏黄河的梦想变成了现实。

那天,我们乘坐双飞牌农用三轮车,从高山之巅的乡所在地——单台子出发,去紧挨黄河的老牛湾村小学。车子沿着随山就势劈出的"S"形或"M"形简易公路一路下行,在层层叠叠、雾气蒙蒙的低凹处,影影绰绰地现出了大河的走向。同行者给我指点了要去的大体位置——黄河奔腾南下，一座山岳像巨牛一样横卧其间，试图阻断去路，逼得河水不得不拐了个弯儿，因此，该河段叫老牛湾。我以为路程不远，结果颠簸了近一个小时才到。原因是居高临下"一览众山小"，主观判断和实际距离有很大误差。

办完公事，老校长带我们去看黄河。从学校向西步行十几分钟便到了"老牛"的背上，足下是几十丈高的绝壁，河水好像虬龙翻卷，汹涌澎湃，势不可当，发疯似的掀起团团水雾，发出沉闷的吼声。放眼对岸，黑森森的断壁悬崖如刀削斧刹一般，背靠厚重的山体直戳河底。两岸险峰兀立，岩壁对峙，河道如同在巍巍群山中裂开的一条窄缝，河水就从这条缝隙里咆哮而过。几只苍鹰盘旋其上……我一边感慨大自然鬼斧神工的造化，一边捡起块小石子抡圆胳膊抛出，试图掷向河心。没想到它飘飘忽忽地落到山崖下，未听到半点儿响声。这时我才惊喜地发现，崖下岸边也有人家，参差不齐的土房掩映在老榆树丛中，石头围成的田地里横竖排列着枯黄的菜畦。原来，老牛湾村分为河底和梁上两个居住区。河底的人家就像坐在井底一样，一天照不上几个小时太阳，但一出门就能看到滚滚黄浪，一醒来便可听到阵阵涛声。

我想让老校长领着我下河底领略一番真正生活在母亲河怀抱中人们的民俗风情，我听说那里有利用流水做动力的水磨，可同事提醒时候不早了，以后不愁看。我跟着众人快快地离开，心里暗暗发问：黄河呀黄河，你究竟在这崇山峻岭之间奔流了几万、几亿年，才形成今天这样雄浑的气势？

没承想，那次下老牛湾河堤的机会没抓住，成了我终身的遗憾。但老牛湾人的生活状况，给我留下了极其深刻的印象。

沿河的周边村落，守着黄河却吃水困难。崖上打不出水井，沿着陡峭奇险的悬崖小路下河底取一次水，耗时费力不说，卫生也没有基本的保障。因而，大部分人家在房前屋后凿有旱井，把雨水或雪水储存起来饮用。黄河岸边耕地有限，光靠种地难以养家糊口，好在他们祖祖辈辈与石头打交道，成年男人几乎都会垒墙当窑匠。老牛湾人砌的石头墙，像刀切出来的一样平整。那些原本大的、小的、长的、短的、薄的、厚的石头，师傅用眼睛一瞅，然后拿铁锤稍加修整，就能给它找到一个恰当的位置。外地人称赞老牛湾人砌的石头墙是艺术品。精壮男劳力多数外出给人搬石头碹窑去了，女人们留在家照看孩子、照顾老人、种地养畜、修剪海红果树。环境造就了老牛湾人勤快、干净、灵动、过日子精打细算的品格特征。

2003年初夏，我生平第二次踏进老牛湾。一进村就被小学老师接到家，还没坐稳，主人就吆喝上初中的女儿下河底取鱼烹制，中午招待我们。一听有人下河底，我立即说也想去看看，主人当然同意，只是看了看我脚上的鞋子，反复叮嘱要小心。我虽然点头答应着，心里却在嘀咕："我又不是小孩，何以如此前安后顿！"这时小姑娘已甩开羊角辫出了门，我赶紧追上去。

越往河边走，山体越显出像楔子的形状——三面都是悬崖。我想附近不可能有路，可小姑娘在长满苔藓的山石上一个劲儿向前蹦跳。原来，在左侧谷口，有一条半人工半天然的羊肠小道，特别陡峭，下面是墨绿色的水域，又清澈又宽阔。记忆中黄河排山倒海、震耳欲聋的景象荡然无存。因为下游十八公里的山西省万家寨建起一座大型水电站，这里成了库区，老牛湾河底那些土屋、老榆、菜畦、水磨已经作古，只能在记忆和想象中凭吊罢了。我提心吊胆地跟在小姑娘后头，自然想起"蜀道之难，难于上青天"的句子，也理解了小学老师喃喃的嘱咐。

终于下了悬崖，在一道避风的港湾，停泊着三四艘机动小渔船，渔民们有说有笑。小女孩冲一位年近三十、高绾裤管、皮肤黝黑的后生喊道:"哥哥,咱们家来了贵客,大大(父亲)叫寻几条鱼!"

"你先提拎上这点儿虾回去。"后生递给她一只小尼龙袋,指了指岸上圪蹴的两个男人说:"他们要过河西当木匠,我送一遭。鱼等我回的时候拿哇!"

不难推测,这个后生是老师的儿子,我说明身份后毫不客气地上了他的船。这时,木匠也把锯子、锛子等工具搬了上来。只见黑后生解开缆绳启动了柴油机,随着"嗒嗒嗒"的机器声,渔船驶向西北方,湖面上留下一条长长的尾巴。我坐在紧靠操作台的舱板上,迎着缕缕湖风,嗅着丝丝水汽,尽情欣赏两岸的奇峰怪石,仿佛从来没有如此心旷神怡过。在攀谈中,我体会到"一方水土养育一方人"的意义。

五年前,大坝蓄水达到九百七十七米(海拔)高程,上游七十二公里的古河道"高峡出平湖"。老师的儿子眼睛活,高中毕业后筹措资金一万多元,购置了养殖和捕捞设备,开始了"江上渔者"生涯。湖面解冻的季节,他每天一大早下河,收一收布下的网,瞅一瞅箱中的鱼,颇有"守株待兔"的雅韵。有时在船尾拖一张大网,或向上或向下兜一圈,会有意想不到的收获。前年他捕过一条二十五斤重的鲤鱼,一家伙卖了两千多块,全家人高兴得几天都合不拢嘴……谈话间,小船已到鄂尔多斯管辖的城坡地界,木匠上了岸。

返航途中起了风,波浪一层接一层涌过来,我双手紧抓船舷,偷看渔家的神态,只见他稳操舵柄,加大马力,渔船踏浪而行,平稳如初。我紧绷的心弦慢慢放松,打心眼里佩服他"不管风吹浪打,胜似闲庭信步"的心理素质,暗笑自己经不起考验。

转眼间"轻舟已过万重山",我们回到出发的港湾。在一只硕大的摇摆不定的笼子前停下,里边有不少活蹦乱跳的鱼儿。我问:"不用长绳将它和岸边拴住，它不随波漂去？"后生熟练地从里边捞着鱼，头也不抬地笑答："与河底拴着呢！"我突然想起抛锚停泊的道理。他捞完鱼把盖儿掩上，没加任何锁具，我又想："这样毫无防备，还不被人偷光？"可转念觉得自己一路净出洋相，话到嘴边没敢再问。

这一趟免费旅行，我不但目睹了万家寨库区水产业为当地人民带来的经济效益，而且触景生情，仿佛看到了浩大的引水工程每天将四十万立方米的黄河水输入三晋大地，缓解了山西人民工农业生产用水和生活用水紧张的矛盾；总装机一百零八万千瓦的水电站发出的强大电流，源源不断地注入华北电网，为经济插上腾飞的翅膀……

时间迈进2024年，与我1993年第一次去老牛湾，已过去31年。如今的老牛湾，已有多重身份：2015年创建为国家地质公园；同年入选中国传统村落；2016年被评为国家4A级旅游景区；2023年入选"青城十六景"；2024年荣升为国家5A级旅游景区。

那次，我从下城湾码头乘坐游轮到老牛湾，十九公里的河道迂回曲折、舒缓清澈，两岸绝壁千仞、群峰耸立，被誉为"北国小三峡"。一路船移山动、一峰一姿，景点数不胜数：真武观、云滚洞、老君岩、长寿石、药王庙、太极湾、卧虎壁、悬崖栈道……堪称地理奇观的长廊，人文历史的宝库。

如果驱车走陆路到老牛湾，首先落脚的应是神牛广场。这是一块天然石坪，面积差不多是标准足球场那么大。石坪上分布着较为规则的菱形接缝，像哪位神仙画就似的，让人惊叹于大自然造物的玄机。广场南侧，一人高的方形基座上，一座铜牛雕像造型逼真：只见它四脚叉开、肌肉凸起、狂怒奔腾，尤其是脑门上一对利剑般的犄角、灯笼似的眼睛、圆张的鼻孔，给人以所向披靡的强悍之感。游人纷纷在雕像前留影。显然，它是整个广场的灵魂。

神牛雕像东侧，有一座仿建的四眼门楼老牛湾堡。门楼檐下刻有神牛耕河的故事。很久很久以前，阴山南麓土默川一带大雨连绵，地面一片汪洋，淹死生灵无数。灾情禀报到天宫，玉皇大帝派太上老君下凡解救黎民。老君察看水灾后，立即给自己的坐骑青牛套上犁铧耕河，以排除水患。神牛埋头拉犁到天黑仍不停歇，老百姓非常感激，点起灯笼火把为其照亮……神牛猛一抬头看见灯火闪烁，步履慌乱拐了个弯儿，这便是老牛湾。此传说有诗为证："九曲黄河十八弯，神牛开河到偏关。明灯一亮受惊吓，转身犁出老牛湾。"

神牛广场西侧，有一幅气势恢宏的黄砂岩浮雕，再现了黄河纤夫同舟共济、坚韧顽强的精神。清水河县境内的黄河上，当年共有十四个渡口，老牛湾是商船从山西北上进入塞外的第一个歇脚、修整、补给、货物装卸与集散的码头。跑河路是当地男人的主业，从清朝中后期到20世纪50年代末，繁盛了200余年。河运上至包头、碛口，下至河曲、府谷，每年从清明河冰消融到寒露天气变冷，昼行夜宿，为中原及河套地区物资和文化交流作出了历史性贡献。

站在神牛广场前沿翘首南望，映入眼帘的是杨家川对岸山西省偏关县楼圪旦石壁上矗立的望河楼。它是绵延东来的明长城与黄河携手的标志性建筑，曾经有"夏守边、冬守河"的战略作用。这座底边长十五米、高二十米的覆斗形墩台，虽历经五百五十余年的风雨侵蚀，但雄峻巍峨，以其沧桑的经历诉说着远去的鼓角铮鸣。

游客、摄影家、史学家、地质学家、媒体记者、文学爱好者……各色各样的人来老牛湾，不是寻找奇花异草，而是冲着这里层层叠叠、犬牙交错的石头来的。清水河老牛湾国家地质公园博物馆内，陈列着清水河县迄今发现和开采的煤炭、云母、石灰岩、花岗岩、白云岩、紫砂岩、冰洲石、木纹石、大理石、铁矿石、铝矿石、锰矿石、镁矿石等矿石。其中，三叶虫化石是镇馆之宝。三叶虫是五亿年前地球上的生物，中华人民共和国成立后，地质学家在清水河县境内发现了三叶虫化石，它见证着这块土地的沧海桑田。

从神牛广场的四眼门楼下至老牛湾游船码头，垂直高度八十八米。其间四百八十八级步道台阶，铺排在号称"阎王鼻子"的陡壁石崖间。步道两边不是栏杆，而是仿古城砖砌成的垛口墙，与对岸蜿蜒的明长城遥相呼应，古朴厚重。进出港的游轮、快艇、渔船往来穿梭，汽笛声与马达声此起彼伏，鸣奏出今天老牛湾欣欣向荣的景象。

老牛湾景区的水主次分明，清澈透亮。坐快艇畅游杨家川小峡谷格外刺激。这里幽谷深邃，堪称"一线天"。无论侧目还是抬头，满眼起伏跌宕、怪石嶙峋，从岩缝里斜伸出的山树枝不时向你轻轻一掠。驾艇的师傅技艺娴熟，小艇前挺后仰、左拐右突，似乎要飘起来，在艇尾荡起雪白的激流。游客身穿橘红色救生衣，紧抓扶手，奇观异景应接不暇。

走进老牛湾和杨家川峡谷，两岸清晰的沉积岩层犹如一部完整的地质档案，真实记录着从寒武纪一片汪洋，到奥陶纪上升成陆地，再到第四纪以来青藏高原加速抬升，地球十几亿年的海陆变迁，孕育出汹涌澎湃、滔滔不绝的河流，经河水漫长的侵蚀切割，造就了这惊心动魄的峡谷。

在老牛湾二十五平方公里旅游景区内，还有九曲黄河阵、秀才院子、非物质文化遗产传习基地、矿石栈道、大塔民俗村、杨家川出口明长城、古刹伏龙寺、水门洞蓝眼泉等景点。每当红日东升或长河落日时分，俯瞰湖面上百舸争流、渔船点点的盛世祥和，听着渔歌互答的醉美情调，让人意犹未尽。

老牛湾古朴的窑洞院落，是沿袭了几千年的传统民居。石窑洞、石屋檐、石院墙、石圐圙、石沿台、石地板、石锅头……黄砂岩与黄土地浑然天成。坐在热乎乎的农家大炕上，吃着炭火大灶大锅烹制的炖羊肉、红烧黄河鲤鱼、荞面圪团、油炸糕、长豆面、酸米饭等地方美食，用黑矾沟生产的小瓷盅抿着圣泉酒厂的精酿白酒，是别处难以找到的浪漫与风雅。

老牛湾，是一块集自然地质、历史文明、黄河文化、长城遗址等多元要素的风水宝地，具有较高的地质科研科普和旅游观光价值。如今，老牛湾人依托得天独厚的旅游资源，有的开办农家乐，有的经营游船，有的发展水产养殖，有的在景区旅游公司工作，日子越过越红火。

2024年，老牛湾黄河大峡谷旅游区接待国内外游客七十多万人次，旅游收入两亿三千八百多万元，是清水河县经济增长的有力支撑。随着下城湾和老牛湾两个码头的不断完善升级以及游船的更新换代，沿黄公路和县城至老牛湾旅游专线的持续打造，老牛湾通用机场建成通航，老牛湾必将在文旅融合发展框架下，实现水陆空立体交通及观光体验的特色效果，吸引更多五湖四海的朋友来这里旅游。

神牛应无恙，当今世界殊。

> **白文宇** 鲁迅文学院文学创作班学员，内蒙古作家协会会员，呼和浩特市作家协会副秘书长。作品散见于《草原》《黄河文学》等刊物，曾获第六届内蒙古职工文学奖、"东丽杯"孙犁散文奖、野草文学奖等奖项。

黄河长城的浪漫之约

印象中浑浊的黄河水，在这里却是碧波荡漾，可谓是一个近乎神奇的存在。内穿长城、外环黄河的老牛湾，经历过风雨一遍遍的洗涤冲刷，如一本古老史书展现着千百年的历史变迁，坐落在黄河岸旁的峡谷之中。

晨雾未散时分，站在老牛湾城垛上俯瞰，百丈悬崖，彼岸孤堡，一处河湾，黄河从这里入晋，晋蒙大峡谷以这里为开端，鄂尔多斯高原的辽阔和黄土高原的厚重在这里彰显。人类智慧造就的气势磅礴的巨龙与大自然鬼斧神工形成的九曲连环的玉带在此相拥——这是中国版图上一处长城与黄河相会之地，历史与地理的双重奇迹在这里定格成永恒。

明万历二十五年（1597年）秋，时任山西总兵的杜桐策马巡视边防至此，见黄河与长城在此交会，当即上疏："黄河天险与长城要塞在此交相辉映，实乃九边之首重镇。遂奏请朝廷在此修筑望河楼。"这座砖石结构的空心敌楼至今仍矗立在百丈悬崖之巅，底部条石基座上的刀痕与箭孔，仍可辨认当年交战的痕迹。考古学家在楼内发现的万历通宝与火铳弹丸，无声诉说着四百年前那个金戈铁马的清晨：当第一缕阳光穿透黄河晨雾，戍卒在望河楼上点燃的狼烟，惊醒了沉睡的黄土高原。

当地流传的民谣"九曲黄河十八弯，神牛开河到偏关。明灯一亮受惊吓，转身犁出老牛湾"，将这片土地的诞生赋予神话色彩。据说上古时期，老牛湾一带遍地洪流，老百姓无法生活劳作。玉帝命太上老君治理水患，以解百姓之忧，老君赶神牛犁河引水，犁至此地，天色已晚，它猛一抬头，被什么东西晃了一下，原来是天上仙人怕老牛不认识路，提着神灯前来帮忙，老牛被神灯惊了，身后笔直的河道在它慌乱的脚步下顿时改成了曲折向南的河道。于是长达二十里的河湾，就成了老牛一惊一乍一趔趄的遗迹。

漫步老牛湾村，仿佛走进凝固的时光胶囊。石头垒砌的窑洞依山层叠，木纹石铺就的巷道蜿蜒如迷宫。漫步在黄河畔，环顾整个村落，石头窑洞、灶台、院墙和烟囱错落有致，无须回眸历史就能追寻它曾经的辉煌。

景，还是旧时的景；路，不再是那条路。

造型各异的窑洞因势象形，原生态的石头、木头、黄土随形就势，木纹石铺设的街巷参差不齐，高高低低，长短不一，如九曲黄河一般。同样是窑洞，晋西北的窑洞与陕北的窑洞大有不同，陕北多为土窑洞，而老牛湾的窑洞则是由石头堆砌而成的。整个村落就是一个石头的世界。

曾经，这里是一座石头城。如今，这里是一座沉默的水中城，一湾碧水，一处古堡，渲染着四季不同的边塞美景。

没有金戈铁马的堡，没有车水马龙的巷，没有往来的商旅行人，这是一只陈旧的月光宝盒，收藏着岁月的遗迹，还有昔日的熙熙攘攘。所有的故事都随风越过长城，那里的骏马和雄鹰或许听说过。

随着万家寨大坝的兴建，老牛湾呈现出魔幻的现实图景。曾经咆哮的黄河变得温顺，水面抬升形成碧玉般的平湖。考古队员曾在枯水期发现淹没区的水下长城，条石缝隙间缠绕的水草如同历史的须发。望河楼的倒影藏于清澈的碧水中，粼粼的波光遮掩了尘埃满面的踪影，偶尔从深深的河水中探身，邂逅湛蓝的天空，嵌入黄河古堡的朝阳晚霞，倒影与实景在涟漪中虚实相生，恰似杜工部笔下"星垂平野阔，月涌大江流"的意境。

靠北的墙体从水中冒出头后，在河岸悬崖间起伏而上，一直通向群峰之巅，与蜿蜒奔腾的母亲河构成双龙环绕腾飞的景象。沿途就是黄河最为壮美的一面，黄河环绕在郁葱山崖周围，山顶上住着人家，胡麻柴的炊烟袅袅升起。远处流光溢彩的苍穹，云烟流动，岸边绿色葱茏的草滩上，洁白的羊群聚在河边饮水……

紧邻黄河的悬崖上，有一座砖砌的空心敌楼，名为望河楼，也叫老牛湾墩。始建于明万历二十五年（1597年），历经500年仍保存较好，在临黄河百丈悬崖的顶部，用来囤积武器、粮草，瞭望敌情。空心二层，底层以条石为基，向北有一个洞口，用来瞭望来自黄河的敌情。在望河楼遗址西侧，考古人员新近发现明代戍卒的灶坑遗迹。碳化的小米与腌菜陶罐的出土，还原出守边将士的日常食谱。更令人震撼的是石壁上密密麻麻的刻痕，经考证是戍卒们记录戍守天数的原始"日历"。这些深浅不一的划痕，与黄河对岸阴山岩画中的狩猎场景遥相呼应，共同编织成跨越时空的生命叙事。古堡向北到阴山南麓是土默特部的驻牧地，翻过阴山就是鞑靼、卫拉特、兀良哈、阿鲁台等草原部落的游牧地，古堡是大明一座重要的关隘。这座依河而建的敌楼，两侧临悬崖，面前是奔腾的黄河，占据了天险之势，如果点燃向东、向南两边长城的狼烟，可传递信息，故有"冬守河，夏守边"之说。

四季轮回为这片土地涂抹了不同色彩。春日里，野杏花沿着长城残垣次第开放，粉白色的花瓣飘落在黄河的碧波之上；盛夏时节，崖壁上的酸枣树结满玛瑙般的果实，牧羊人甩着羊铲驱赶羊群穿过明代军屯遗址；秋风吹黄万亩荞麦田时，老牛湾墩的剪影在暮色中愈发苍劲，像一枚盖在天地间的朱红印章；待到寒冬飞雪，冰封的黄河宛如玉龙静卧，残破的烽燧在月光下恍若银铸。

无人机掠过晋蒙大峡谷，镜头里的景象令人惊叹，黄河在此完成九十度急转弯，将黄土高原切割成巨大的太极图案。南岸的明长城如游龙入水，北岸的烽燧群似繁星坠地。地质运动造就的垂直节理崖壁，在夕照中呈现出青铜器般的质感。此刻若遇雨后初霁，常能看见彩虹横跨晋蒙两省，恰似为这对相守千年的"恋人"搭起鹊桥。如今，好像什么都旧了似的，油灯熄灭后就再没有燃起来，窗棂上的麻纸也飘零到土坡下。城砖上的绿苔藓不知道过了几生几世，现在有的颜色变黑，有的变为橙黄色。现在，它依旧坐落在内蒙古清水河县老牛湾村，静静凝望曾守护过的这一方水土。经历王朝更迭的黄河依旧川流不息，如生命的轮回，一次又一次地循环。

千百年来，河流教它遗世而独立，风将它磨砺成悬崖。我眼前存在的景色，层叠的不只是黄土，那是历史岁月走过的痕迹；流淌的不只是黄河，更是祖国母亲的血液。夜色降临，渐渐浓重的暮色中，敌楼显得越来越高大、雄壮，随着夕阳的消逝，变成了黑蓝色的版画。巍巍边关，寂静河湾，再不见马嘶金戈，时光似乎并不忍心带走这里曾经的风采，将这风景留给了后人。

当有一天你逃离繁华的城市，想找一处慰藉心灵的净土时，请来这里，岁月依旧是最初的模样，人们依旧面朝黄土，牧羊、稼穑，坦然接受自然的给予。它为你关上了信息时代的门窗，也关上了你的焦虑，按下了你躁动的心，带你远离城市的喧嚣。

夜幕降临时，银河倾泻在黄河水面上。北斗七星倒映在望河楼残破的箭窗里，恍若当年戍卒眺望的灯火。这个被时光遗忘的角落，正以独特的方式与现代社会对话。艺术家在废弃窑洞中创作大地艺术，用黄河淤泥重塑长城意象；生态学家在崖壁上复育濒危物种文冠果，嫩绿新芽与明代夯土墙相映成趣；星空摄影师彻夜守候，只为捕捉银河与明长城同框的瞬间。

黄河水昼夜不息地冲刷着长城根基，将戍卒的骨血、船工的号子、牧人的长调，统统揉进晋陕峡谷的褶皱里。站在老牛湾墩极目远眺，但见长城巨龙与黄河玉带在此缠绵悱恻，千年的守望化作天地间最深沉的爱恋。那些被浪花卷走的烽烟、被西风揉碎的乡愁，最终都沉淀成黄土高原的年轮，在四季轮回中讲述着永恒的故事。

> 李 洁 企业工程师，呼和浩特市作家协会会员、清水河县作家协会会员。撰写了大量介绍家乡风土人情及饮食文化的散文作品，发表于《呼和浩特日报》《呼和浩特文艺》及清河创客等平台。

灵魂深处的诗与远方

于我而言，老牛湾是心头一颗熠熠生辉的明珠，是灵魂深处一首永恒的诗篇。身为热爱文字之人，我总盼着将老牛湾的风姿神韵凝练成一首绝美诗篇，藏进自己视若珍宝的半卷书稿中。可每当提起笔，又深感自身才情浅薄，生怕拙劣的笔触亵渎了她的绝世风华，只好作罢，将这份心意深埋心底。

老牛湾，宛如我的故人和知己，无须过多言语，一个眼神便能洞悉彼此的心思。多年来，我们相伴度过无数个难忘的时光。多少个深夜，我们举杯共赏明月，月光洒在身上，也照亮了彼此的心灵；多少个清晨，我们相拥迎接朝阳，感受阳光的温暖，开启美好的一天。从最初的不期而遇,到如今的心心相印,我与老牛湾之间的情谊在岁月的长河中愈发深厚。

犹记得二十多年前的那个夏天,我与老牛湾初次邂逅。那时的她,就像一位藏在深闺中的娇羞少女,青涩而质朴,静静地隐匿在山峁沟壑之间,等待着有缘人的发现。我们一行十几人,分乘三辆车,满怀期待地驶向老牛湾。到达后,喊一声摆渡的船家,只见一个面容如黄土地般刻满岁月痕迹、粗手大脚的中年汉子,迅速摇起他的小船,将我们载离岸边。彼时,我完全沉浸在碧绿河水与两岸峰峦绝壁构成的大自然奇观之中,还没回过神来,小船已稳稳地抵达对岸。那时的老牛湾尚未开发,没有专业的导游,艄公简单叮嘱我们上吊桥要注意安全后,便悠然地在船舱里来了个"葛优躺",眯缝着眼睛抽起了旱烟,与刚才驾船时的威武模样截然不同。我们观景归来,见他仍在吞云吐雾,我好奇地问:"师傅,您怎么没上吊桥看看?"他慢悠悠地收起烟锅袋,闭着眼说道:"不用上去,一年十二个月,我有六七个月都在这河上,船上吃喝拉撒睡就是我的日常。"我拿出当时流行的胶卷相机,让丈夫帮我和艄公拍了张合影,并满心崇拜地对他说,他可是我见过的第一个黄河艄公。返程时,或许是被我崇拜的眼神感染,又或许是被我们热情的交谈打动,艄公情绪高涨起来:"都坐好了,我给你们展示一下我四十年驾船的技术!"小船瞬间如脱缰的野马,在平缓碧绿的河面上犁出一道深深的白色巨浪,一个急转弯,船身碾过巨浪,剧烈颠簸,水花四溅,打湿了我们的头、脸和衣服,大家激动地哄笑、尖叫。对面小船上的人们也为艄公精湛的驾驶技术喝彩,口哨声和欢呼声在大河两岸久久回荡。

自那个夏天起,我与老牛湾的缘分便如丝线般越缠越紧,开启了一次又一次的相聚。外地的同学、朋友或亲戚来访,我总会提议:"要不,咱们去老牛湾转转?"每一次去老牛湾,一天的行程总是让大家意犹未尽,有人还念叨着没吃够老牛湾的炖鱼、油炸糕和酸米饭。这时，我便会笑着说："要不，咱们住一晚窑洞？"于是，在朋友们美好的回忆里，便增添了老牛湾纯净的星空和月色。有一次，也是夏天的一个星期天，我的同学和丈夫的同学恰好都约在同一天来老牛湾，一行三十多人浩浩荡荡地开车奔赴那里。十几年前，老牛湾只有寥寥几家农家乐。这里吃饭倒不是问题，老牛湾的人们擅长用铁锅炖煮各种美食，黄河鱼、炖羊肉、烩酸菜、炖鸡肉，主食则是酸米饭和糕，无论来多少人，老牛湾的女人们炖肉、炖鱼、蒸糕、炸糕，十分麻利。唯一让人发愁的是晚上的住宿，最大的一家农家乐也无法容纳三十多人。最后找到了一间大窑洞，窑洞的大炕是大通铺，店主说，睡七八个人没问题。男同学们在院子里，一边享受着黄河边凉爽湿润的风，一边打扑克、谈天说地，直到半夜才回到窑洞，在土炕上东倒西歪地和衣而眠。他们说，那是他们睡得最香的一夜。如今的老牛湾，已是国家5A级景区，交通便利，吃、住、游的体验都发生了翻天覆地的变化，曾经坑坑洼洼的土路变成了平坦的大路，老牛湾机场也已开通。我满心期待着有一天能去机场迎接外地的朋友们，再次邀请同学们相聚老牛湾，一同感受她从朴素平实到大气恢宏的华丽蜕变。

多年来，外地的朋友们早已将我与老牛湾紧紧相连，他们说来找我，就意味着要来老牛湾；来老牛湾，其实也是来看望我。我总是笑着纠正："我怎敢代表老牛湾？"我曾陪摄影家朋友们在老牛湾拍摄过日出与黄昏，见证瞬息万变的光影之美；也曾目睹画家们挥毫泼墨，将老牛湾的风姿神韵定格在画布之上。

春季，老牛湾大地复苏，草芽萌动，农人播下希望的种子，处处洋溢着生机与活力；盛夏，骄阳似火，夜晚的星空深邃迷人，河风轻拂，带来丝丝凉意；秋天，是丰收的季节，老牛湾色彩斑斓，绚烂夺目，让每一个热爱拍照的旅人都觉得衣着太过华丽；冬天，老牛湾安静素雅，长城与黄河在凛冽寒风中更显雄浑壮阔，窑洞里的火炕热热乎乎，来老牛湾小住，便是最好的过冬方式。

一年四季，我与老牛湾总会心照不宣地相约、相逢，那种感觉，就像回到儿时住过的老窑洞，温暖而亲切；又像探望一位深交已久的知己，自在而惬意。若有几个月没去老牛湾，我便会约上三五知己前往。抚摸熟悉的神牛雕塑，倾听风吹过大河的声音，远眺黄河西岸如神牛回眸般的山崖，对岸偏关的古堡、望河楼和若隐若现的村落、窑洞尽收眼底。中午时分，品尝一顿地道的农家饭，再听村里老人们讲述太上老君神牛犁河的传说、秀才院里耕读传家的故事……令人欣喜的是，老牛湾也给予了我热烈的回应，每次去老牛湾，神牛广场卖碗托的大姐、卖山茶和果瓣子（老牛湾人称果干儿为果瓣子）的大妈、农家饭店的老板和服务员，甚至一些当地村民都认识了我，热情地跟我打招呼。

此情此景，我又怎能不把老牛湾当作自己的故友？我沉醉在她的绝美风景里，她也深深走进了我的灵魂深处，成为我生命中不可或缺的一部分。

黄河流过侯家圪洞

在内蒙古呼和浩特市清水河县窑沟乡的黄河岸边,有一个名叫侯家圪洞的小村落。从清水河县城启程,沿着109国道前行约二十五公里,越过气势恢宏的大沙湾大桥后,离开国道,拐入乡村公路,行驶短短五百米,便能踏上沿黄公路。再沿着这条与黄河相依相伴的公路走上约五公里,侯家圪洞村便映入眼帘。

想要领略侯家圪洞村的全貌,需登上离村不到一公里处对面林果基地的高处。极目远眺,整个村庄的走势宛如一只振翅欲飞的凤凰,栖息在山峁之上。经当地村民热情指点,便看到了凤凰的头、颈和翅膀,栩栩如生,让人不得不惊叹大自然的鬼斧神工。听村中老人缓缓讲述，侯家圪洞村最早的村民是山西先民"走西口"时迁徙而来的。他们沿着黄河一路漂泊，风餐露宿，直到有一天在一座无名小山上休憩，抬眼望见对面山峁形似凤凰，便认定这是上天恩赐的家园，于是在此落地生根。也正因如此，侯家圪洞的村民大多姓侯，直到中华人民共和国成立后，才有几户外姓人家陆续迁入。

走进村子，便能看到一棵古老的大榆树，它的枝丫歪歪斜斜，年迈的树干似乎已无力支撑那些巨大的枝杈，有的枝杈甚至横卧在地上。没有人能说清这棵大榆树究竟经历了多少岁月，村里最年长的老人回忆，在他们小时候，这棵树就已然枝繁叶茂。过去，村中有什么大事小情，大家都会围坐在大榆树下商讨。夏日的午后，老人们摇着蒲扇，坐在大树下乘凉，给孩子们讲述先人的故事。岁月的车轮滚滚而过，大榆树历经风雨洗礼、鸟啄虫咬，树干上形成了一个个空洞。有些年份，它的枝杈会枯萎，光秃秃的不见一片叶子，可第二年或第三年，它又会奇迹般地焕发生机，长出嫩绿的新叶。对于离家的游子而言，大榆树早已成为他们乡愁的寄托，归来时，总会忍不住上前抱一抱、摸一摸，仿佛只有这样，才能慰藉那颗漂泊的心。

黄河木纹石，是黄河母亲赐予侯家圪洞的珍贵礼物。在村子靠近黄河岸的山坡上，这种平整的大块石头随处可见。石头上的花纹仿若树木的纹理，当地人便给它取名为黄河木纹石。过去，村民们碹窑洞时，总会去山上精心挑选这种石头。纹理漂亮的用来铺地、当窗台板、锅台板，剩下的则用作炕板石、垒院墙。随着时间的推移，这种石头越磨越光滑细腻，纹理越发精美。外地人来到这里，总会惊叹于村妇们把家中地板、窗台和锅台收拾得光可鉴人。后来，心灵手巧的人们将黄河木纹石制成精美的生活用品，如茶几、水杯、烟灰缸等，还加工成各种盆景摆件等工艺品。如今，更多的黄河木纹石被周边多家地质博物馆收藏，成为展示地域文化的

瑰宝。

侯家圪洞地处黄河沿岸，四周群山环绕，独特的地理位置造就了这里温暖的气候。这里光照充足，无霜期长，十分适合种植小香米、糜子、黍子等农作物，而且产出的作物品质上乘。酸米饭和黄米糕是这里最具代表性的农家饭，每一口都饱含着对土地的深情。由于小米产量高、品质好，村民们家家户户都会酿造手工米醋，那醇厚的醋香弥漫在村子的每一个角落。这里不仅农作物丰富，野生植物也多种多样，花卉资源丰富，花期较长。如此优越的气候条件，让侯家圪洞的村民掌握了养蜂技术。曾经，这里的村民有着养蜂的传统，每年夏季，也会有外地的养蜂人慕名而来，在这片美丽的土地上逗留数月。

我因对这个小村子情有独钟，曾多次前往侯家圪洞采风游玩。听现居村里的侯勇回忆，小时候，他们经常下河捞鱼，去岸边捡鸟蛋，偶尔还会捡到几块漂亮的石头，爱不释手地玩赏一番。酷暑难耐时，他们会三五成群地跳进河里游泳，比赛看谁第一个游到河对岸。侯家圪洞对岸的薛家湾镇窑沟村有个喇嘛洞，冬天黄河结冰后，去对岸的喇嘛洞就变得更加便捷。

黄河峡谷峰回路转，两岸山势险峻。在黄河岸边的斜坡上，有一处高约三米、宽约四米的石洞，斜伸入河底，洞口与周围环境浑然一体，宛如一幅天然的水墨画。多少年来，人们一直对喇嘛洞的形成充满好奇，它究竟是大自然的鬼斧神工，还是古代劳动人民的智慧结晶？黄河两岸流传着一个关于喇嘛洞和宋朝杨家将的传说。相传，辽宋交兵之际，宋朝杨家将士镇守黄河两岸，与北方辽军展开激烈战斗。由于黄河浪大水急，两岸陡峭，行船与架桥都困难重重，于是，将士们便动员兵士从河岸的石壁上凿洞挖土，以贯通黄河河底。这样一来，不仅方便了部队与雁门关大本营的联系，还能秘密地调兵遣将、运送粮草军械。早年，有好奇的探险者入洞探测，据说洞内伸手不见五指，用手电筒照射四壁，能看到有斧凿的痕迹。稍往纵深处走，洞内特别湿滑，行走艰难，潮湿而阴冷的环境让人毛骨悚然，石壁上的滴水声尖锐空洞，仿佛一滴落下，便能穿透地壳，令人胆战心惊，探险者不敢再深入。后来，偶有周边村里的牲畜跌入洞内，人们也因惧怕而不敢贸然进洞施救。久而久之，各种传闻不胫而走，有人说洞中有巨蟒盘踞，吸食人血；还有人说洞内有一张石桌，桌上淤积着鲜血。之后，喇嘛洞被准格尔旗政府封堵。听说后来又有好奇之人暗中将洞口破开，然而一想到那些可怕的传闻，又无人敢踏入其中，洞口便再次被封堵。传说喇嘛洞一直贯穿黄河河底，在侯家圪洞也有一个与之对应的小洞口，后人找寻了多年始终无果，只留下了杨家军英勇善战、足智多谋的故事，在岁月的长河中流传。

侯家圪洞位于内蒙古准格尔旗和清水河县的交界处，以黄河为界，河西是准格尔旗的窑沟村，河东便是侯家圪洞村。这里是晋蒙陕大峡谷的一段，却没有大河奔流、浊浪排空的磅礴气势，反而多了一份黄河少见的温和与婉约。黄河流经侯家圪洞时，河水被两岸的大山温柔地拥入怀中，瞬间化作一位娴静温柔的女子。碧绿的河水呈现出异乎寻常的宁静，水流舒缓，水中倒映着蓝天白云，让人恍惚间以为这不是黄河，也不是印象中黄土高原的粗犷模样。盛夏时节，两岸树木葱茏，花香四溢，鸟鸣婉转，仿佛一幅江南水乡的画卷，平添了一份秀气之美。由于侯家圪洞的村民大多在离岸一里多的山下居住，冬闲时很少下到黄河岸边。大雪过后，两岸高耸的险峻山峰和蜿蜒的河道被白雪覆盖，白茫茫一片，这里便成了摄影爱好者和绘画爱好者的天堂。村里通往岸边的小路崎岖不平，雪后机动车几乎无法通行，人们只能几个人手拉手，小心翼翼地步行。此时的侯家圪洞，安静得让人仿佛忘记了时间的流逝，心中涌起一种"孤舟蓑笠翁，独钓寒江雪"的悠然意境。偶尔，天空划过一声清脆的鸟叫，或是洁净的雪地上掠过一抹野兔匆匆而过的身影,才将人们的思绪从遥远的天际拉回现实。

这就是侯家圪洞,一个被群山环绕、大河拥抱的美丽小山村。它宛如世外桃源,静静地诉说着岁月的故事,等待着更多人去发现它的美好。

张瑞秀 就职于清水河县交通运输局，清水河县作家协会主席。近几年撰写了大量散文作品，发表于各类平台，多次获清水河县文化艺术成果长城奖。

风景这边独好

时光长河悠悠淌过，老牛湾静卧大地，内敛且温润。澄澈的湖面，每一道潋滟的涟漪轻泛，都宛如在悠悠低吟浅唱着那古老而迷人的传说，诉说着往昔的神秘与沧桑。

相传在远古时代，天降大雨，密云遮蔽，天地混沌，这一下就是九九八十一天。云歇雨住后的吕梁山遍地洪流，人如鱼鳖。又过了八十一天，洪水仍未退去，人间哀鸿遍野，哭声直抵天庭。玉皇大帝心生悲悯，派太上老君下凡拯救苍生。老君驱使神牛犁地开河道，引洪水入海。神牛日夜劳作，犁至如今的老牛湾时，天色已晚。突然，前山上闪现的神灯惊到了神牛，它慌乱一转，犁出一道独特的河湾。从此，这里便得名老牛湾。说来也奇妙，跨越千山万岭、蜿蜒巍峨的长城与滔滔不绝、奔腾南流的黄河，在这里完成了历史性的交会，仿佛两位饱经沧桑的巨人，在岁月的长河中，于此刻深情相拥，共同奏响了一曲震撼人心的自然与历史的传奇交响曲。

因迷恋老牛湾那神秘而独特的魅力，在微风如缕、绿意盎然的六月，我踏入了这片神奇的土地。

六月的老牛湾，宛如一幅徐徐展开的诗意画卷，每一寸土地都散发着魅力，步步皆景，处处含情。富有民族风格的农家窑洞错落于山巅之上，它们仿若忠诚的卫士，静静地守护着古老而神秘的河湾。一踏入这片土地，我的全部感官便被深深吸引，仿佛被一股无形的力量所牵引，沉醉其中，无法自拔。

紧靠着黄河的山崖边，一座砖砌的空心碉楼静静伫立，岁月的痕迹在它身上留下了斑驳的印记，更添几分历史的厚重感。而在场地中央，一座石砌高台拔地而起，而在那之上，一头健硕的牛傲然而立。它的目光炯炯有神，犹如燃烧的炭火，浑身散发着耀眼的光芒，仿佛能够穿透漫长的历史时光，诉说着往昔的沧桑与辉煌。

老牛湾堡气势恢宏，雄踞在山崖之上，其险要的地势不言而喻，仿佛在向世人展示着它曾经作为军事要塞的重要地位。我刚刚登上望河楼，便被山脚下的奇异景色所吸引，那美景太过震撼，让我竟有些舍不得一眼将它看全，生怕错过任何一处细节。

当我终于放眼俯瞰黄河时，眼前的景象让我惊叹不已。那一湾河水，恰似一条灵动的玉带，蜿蜒横卧在山底。长达二十里的大湾，形状宛如一头悠然卧着的牛，栩栩如生。有了这一湾河水，山野仿佛被注入了鲜活的灵气，而历史也在此处增添了一抹独特的风韵。此时的河水蔚蓝清冽，在阳光的照耀下，显得格外宁静，宛如一位沉睡的仙子。偶尔有微风轻轻掠过，河水便泛起层层涟漪，带着一种令人陶醉的情调，轻柔而优美地起伏着，这更使水面显得温婉秀丽，惹人喜爱。我的心中满是畅快与惬意，仿佛所有的烦恼都被这一湾碧水涤荡得无影无踪。

河边停泊着游船，供游人乘船仰望这壮丽的景色。在这一俯一仰之间，我不仅领略到了自然景物的磅礴气势，更在游观与冥思中感受到了老牛湾独特的魅力与价值。老牛湾的美，就这样悄无声息地走进了我的心里，生根发芽，让我对这片土地充满了深深的眷恋与热爱。

山野的气息牵引着我的脚步，走过望河楼，穿过老牛湾堡，沿着石阶一级一级向河岸边走去。石阶路很长，弯弯曲曲，盘盘绕绕。有趣的是，有几节台阶人走上去跺跺脚，还会时隐时现地听到滴水的声音，宛如大自然奏响的隐秘乐章。这奇妙的声响，让我对大自然的鬼斧神工惊叹不已，脚步也变得愈发轻快，满心都是探索的雀跃。

乘船而行，从水路领略老牛湾，又是一番别样的情趣在心头翻涌。乘坐快艇时，速度带来的刺激让我无暇细细品味身边的景致。强劲的凉风扑面而来，肆意地吹乱我的头发，却也将我心底的烦恼一扫而空，只留下满心的澎湃与畅快。快艇风驰电掣般在河面上穿行，我们的欢声笑语被一路播撒在风中。

若是换乘游船，心情便全然不同了。我悠然地坐在船头，仰头看天空湛蓝如宝石，鸟儿舒展着翅膀自由高飞。远处山峦连绵起伏，如墨染的画卷；近处绿草如茵，像柔软的绒毯。古朴迷人的峭壁紧紧依着河床，每一道纹理都刻画着北方独有的雄浑与豪迈。河水在船舷边轻轻荡漾，平静无波，恰似我此刻一片宁静的内心。这般慢悠悠地用心感知，我才真切地领悟到，这就是极致的境界，是自然与心灵的完美交融。

然而，老牛湾最让我心魂震颤的是古老的长城与烽火台。乘船而过，那段饱经岁月的古城墙映入眼帘，强烈的震撼直击心灵。它在时光洪流中千疮百孔，砖石斑驳、青苔丛生，却如一部沉甸甸的史书，每一道沟壑、每一块残砖，都铭刻着北方大地千年的兴衰。

历史的车轮滚滚远去，但这些古老遗迹藏着往昔的蛛丝马迹。凝望烽火台，祖先的丰功伟绩如潮水般涌上心头。刹那间，金戈交击之声轰然作响，如金锤击鼓，沉闷厚重，又似闷雷滚滚，自岁月深处滚滚而来，声声震耳。

恍惚间，我被卷入金戈铁马的边塞风云。战马仰天嘶鸣，嘶鸣声撕裂长空；将士们奋勇拼杀，豪迈的呼喊穿透硝烟；猎猎战旗，在漫天烟尘中肆意舞动……这一连串梦幻般的神奇也就是在此情此景中方能寻得。

这就是你，独一无二、令人心醉神迷的老牛湾，从此，我的记忆再也无法将你遗忘，余生的每一次回想，都将是对你眷恋的重温，每一眼凝望，都是灵魂深处的奔赴。

黄河岸边柳青河

山色如黛,层峦叠嶂;蓝天如画,纤云不染。气魄非凡的龙门架,一站便是一道风景。为山水增辉,让文化复兴。百年的柳青河,在太阳的照耀下,伴着一河碧水,吟唱着古老的歌谣。

与你遇见,心,莫名悸动,本想慢慢熟悉你的味道,怎奈那汪碧水已将我的芳心满溢。行走在柳青河畔,到处是风情万种。

柳青河之美,源于河水。这是一条富有生命力的河,这是一条满蕴深情的河,黄河水到了这里,已没有波涛汹涌的激流。河水清澈而平缓,河面宽阔,绮丽静谧。它的博大,它的厚重,赋予这片土地以生机。据志书中记载，柳青河起初为运转货物的临时集散地，属于季节性的聚集场所，每年河路通航的季节，人们才在这里聚集。到后来，那些来自晋陕等地的行商、船工或"走西口"的难民发现柳青河村是他们赖以生存的地方，于是以群体的力量和智慧在这块土地上创造出灿烂的文明。早年间柳青河河道繁荣，随着黄河水运退出历史舞台，柳青河村也开始没落冷清起来，再加上水患频发，生活在黄河岸边的村民生活很艰辛，农民盼好日子都盼红了眼。1998年，一场旨在改变柳青河百姓命运的大迁建轰轰烈烈地开始了，柳青河村从原址整体搬迁到向上六十多米高的坡地上，靠着黄河水的滋养与柳青河的守护，经过多少轮回的四季，村子又回归自然，重现生机。碧水悠悠，青山环绕，鸟鸣啾啾，尽显空灵幽静。2012年，这个被时光遗忘的小村庄被蓬勃兴起的乡村旅游再一次唤醒。随着生态环境日益改善，柳青河已成为一道亮丽的风景线。

来柳青河，最惬意的是踏着栈道逐级而下，一边感受大河的壮美，一边在靠岸的河湾里觅得一只小船，在柔情的河里，或行或泊，或独或群，用一双桨寻梦。船在河里轻轻摇晃，水从眼前缓缓远去，天际处，水天连成一线，几分新奇、几分释然、几分恬淡，沉醉不知归。那岸边垂柳醉人的新绿，那流动的波纹与浪花，那河水激流的声响，一不小心竟让我走进了诗的意境。

柳青河村建在半山坡上。依山傍水，山是黄土山，水是黄河水。白墙黛瓦的砖瓦房、石窑院落依山而建，面河而立，错落有致；田野阡陌纵横，犁好的田地与暖阳相映成趣，一切都是那样的静谧和安详。当杏花、桃花盛开在房屋前、院墙边，当满枝金黄的连翘花绽放在石径、栈道旁，柳青河村迎来了最美的花季，行走其间，满是自然闲适的乡土风情。这一幕，也只有在柳青河村能见到，像极了儿时的梦。

柳青河村最热闹、最有趣的地方，我想一定是那座遗存在黄河岸边的古戏台啦。柳青河戏台始建于清乾隆二年，乾隆十五年建成。这座古戏台经历了太多太多，它见证过柳青河昔日的文化繁荣，见证过黄河儿女融入血液的戏曲热情。悠悠古戏台，卷棚顶古建风韵犹存，缤纷的彩绘，隔着漫长的岁月，仍然绚烂。可以说，它是柳青河地域文化和民俗文化的一个缩影，也是弥足珍贵的历史文化遗产。站在戏台之上，我仿佛置身于数百年的古文化之间，聆听古人的吹拉弹唱。

柳青河的美让我窃喜，我的眼睛透过手机屏幕不停地捕捉着，生怕遗漏掉目之所及的每一处风景。柳青河好比一个过尽千帆的乱世佳人，沧桑但不苍老，她的身上充满着委婉迷人的气息。那段在大河里写满沧桑的历史，那些藏在古戏台里的"文化密码"，虽历经百年风雨，却依然坚守着自己的本真。如今，孕育在历史文化韵味里的旧时光，让柳青河有了底蕴、有了根脉、有了新生命。乡村文化旅游改变了柳青河的容颜，乡村振兴让村民有了奔头，有了红火的好日子，如同这条奔流的大河，一直激流向前……

董金堂 清水河县作家协会会员。文学爱好者,致力于本土文化作品创作,以阅读充实自己,用文字丰盈生活。

黄河之美醉峡谷

黄河——伟大的母亲河,她见证了中华民族的繁荣与沧桑,承载着中华儿女的信仰与希望。

捧一掬黄河水,醉了心扉,吟一曲豪情的歌,暖了人间。你听过吧?"天下黄河九十九道弯,最美不过老牛湾。"这水,这歌,这篇章就出自黄河几字湾的中心地带——老牛湾黄河大峡谷。

我总在沉思,作为黄河流域的组成部分,老牛湾的峡谷断崖、皱山折水是神牛耕河留下的划痕,纵横的沟壑竟与掌纹如此相似——命运早已把答案编绘成一部神秘的"无字天书",被岁月的尘埃封存于这块黄土地里,只等时光去探索皱纹里藏着的无数秘密。

黄河一路高歌、一路奔腾，流经苍茫的黄土高原清水河段，从喇嘛湾入境，在老牛湾出境。这段长度只有六十五公里的黄河故道，在源远流长的黄河河道中显得微不足道。但她同样谱写着中华文明五千年的光辉历程，承载着"黄河之水天上来，奔流到海不复回"的神圣使命，占据着独特而不可或缺的重要地位。

初春时节，二月河开，黄河初现流凌，老牛湾峡谷迎来了最壮美的奇观。站在岸边眺望，浩瀚的河面上，漂浮着大大小小的冰凌，簇拥着万顷波涛，包裹着日月星辰，浩浩荡荡地流过峡谷。那气势犹如骏马奔腾、白云翻滚，惊醒沉睡的大地，再现波澜壮阔的景象。

一场惊心动魄的风景过后，春潮袭来，春光灿烂，春风吹来了万千生命。

伫立在峡谷肩头的长城，脱去尘迹斑斑的衣裳，拾起古堡里珍藏的山水剪影，镶嵌于庄园内外，化作树木苍翠、枝头鸟鸣、山间草绿和田野耧铃声声的秀丽春景。

环顾包子塔，山环水抱，云追月逐。静静地躺在太阳底下，沐浴阳光，与黄河相融相伴，厮守着这份宁静。

春暖花开，大自然繁花似锦，婀娜多姿，给这片土地带来了盎然生机。黄河岸边的人家，门前柳绿桃红，园内杏李泛白，蜂飞蝶舞，花香撩人。黄河沿岸，老牛湾、下城湾、榆树湾、喇嘛湾，弯弯绕绕秀出黄河迷人的色彩。

河湾里，摆渡人解开缆绳，驾驭木船驶向被轻纱薄雾笼罩的河谷。犁开水面，抛网下钩，打捞起生活的希望，收获着幸福的寄托。

河水下深藏着八百年的黑矾沟陶片，尘封了记载古镇柳青河商铺、油坊、缸坊、碾磨坊、粉坊、豆腐坊、药房的账册。

遥想当年古渡口留下那深浅不一的凹痕。纤夫的绳索、岩畔下的踪迹，印证了河路汉行船时的必经之路——鸽子石岩、板凳廊、老汉石岩、沙石桥这号称"四大鬼门关"的险要。

时代变迁，一个个坐落于峡谷内、河岸边的古村落渐渐消失。如今柳青河这个商贸古镇，也整体向上迁移了六十多米。其中，最让他们珍视的古戏台也按照原貌设计，使用原建筑的材料重新建造。过去的古镇如今变成了旅游新村。门前惊涛拍岸，黄河古渡已是青山倒映、湖水荡漾的人间仙境。

这些遗迹、这些故事，在岁月流逝的长河中，会被我们的子孙后代追溯。就如同我们现在追踪"神牛犁河"的神话一样，成为历史文库的一页。

如今的老牛湾，峡谷幽深，山清水碧。沿黄公路畅通无阻，东西旅游线路连接晋陕，老牛湾机场开通了空中通道。这里不再是那个穷山恶水、举步维艰的贫瘠之地。

滔滔黄河犹如一条巨龙，横卧在神州大地之上。滚滚激流是大地奔腾的血脉，带着千年的风霜，走过岁月沧桑。

在黄河的画卷中，老牛湾大峡谷宛如一颗璀璨的明珠，闪烁着耀眼的光芒。老牛湾大峡谷被誉为"中国最美十大峡谷"之一，它以其独特的风采，触动着人们的心灵，成为旅游观光、写生绘画、取景摄影、非遗传承、古迹保护及蒙晋文化融合点，为清水河的建设与发展注入了新的活力，谱写着山乡巨变的壮丽篇章。

> **贺 荣** 清水河县北堡乡人，久居呼市，心念故土。喜欢在阳光下读书，在月光下写作。

醉在黄河的一湾风月里

黄河是中国版图上的一条大动脉，它发源于巴颜喀拉山北麓，横跨昆仑、秦岭、祁连山地槽和华北陆块地台四个大地构造区域，贯穿东西，流经南北，最后从山东省东营市垦利县注入渤海。

我曾在垦利县远望楼上俯瞰过黄河入海的雄伟壮丽，滔滔黄河水犹如千军万马，冲撞在碧蓝色的渤海水域上，海河两水不容，呈现出一半浑黄、一半深蓝的奇观。

追本溯源，巴颜喀拉山北麓约古宗列盆地的一汪圣水清泉，用数百万年积蓄起来的力量，三折四弯地东南西北迂回冲撞，最后从青藏高原劈开重峦叠嶂，穿行在

深峡幽谷之间。沿途吸纳了千万条支流和涓涓溪水，汇聚成滚滚洪流。从龙羊峡到青铜峡，河道落差达一千三百多米。峡口窄处，云天一线，俯视谷底，激流奔涌，水浪翻滚，犹如万马奔腾，万马嘶鸣。

黄河穿陇过宁，从石嘴山急速北上，过了贺兰山余脉，在浩瀚的乌兰布和沙漠和茫茫鄂尔多斯草原之间穿梭。从乌海入境内蒙古，流经磴口县巴彦高勒镇，三盛公黄河枢纽工程截流分出一支宽阔的主渠。干渠纵横交错，将黄河水引入河套灌区，肥田净水，富庶后套。回水退至乌拉特前旗形成湿地湖泊，如今草木丰盈，平湖碧波，鱼潜鸟翔。乌梁素海已成一景。

内蒙古高原，亿万年黄沙积土形成的盆地湖，在中更新世的地壳运动中发生了巨变，古河道加深增宽，黄河急剧下切，多元的盆地湖水系终归合而为一，形成统一的大河。

黄河流经黄土高原，泥沙骤增，颜色变得浑黄，故称之为黄河。

关于黄河的称谓，商代以来被冠以"高祖河""宗河""大河""上河"，正式称为"黄河"是秦汉之后。《汉书》记载：使黄河如带，泰山若厉，国以永存，爰及苗裔。这是汉高祖一统天下后，壮志凌云，借用黄河泰山的势不可当，喻江山永固。

黄河在巴彦淖尔市受到阴山北麓的阻挡，于是"大河"歌罢掉头向东。

黄河从黄土高原上流过，遇到沉淤积沙的阻挠便绕道取直，水的回旋动力将左右两岸冲击成扇面，整个河道呈现"S"形。

黄河虽然凶猛，遇山石挡道便横冲直撞，但是在平坦的河道上，性情会瞬间变得温和起来，上善若水，水利万物而不争。黄河千里奔涌，将黄土高原的两岸冲刷出一垄垄肥田沃土。

在黄河中上游分界点托克托县河口一带，坡平岸朗，黄河荡着微波，轻歌曼舞地流过，一岸是沙漠丘陵，一岸是葱茏绿树。过了喇嘛湾，河道迥然不同，两岸山峰突兀，怪石嶙峋。下游，浑浊的黄河水渐次变得清澈起来。

黄河被万家寨水电站拦腰截断，黄河映长城，高峡出平湖。这一处幽谷深峡，这一潭浩瀚碧波，这一湾山水风月，风景绝佳，地质地貌独特，扮靓了黄河，惊艳了世界。这便是老牛湾！

清水河县老牛湾是此处。

偏关县老牛湾也是此处。

鄂尔多斯市老牛湾亦是此处。

老牛湾，黄河中游第一湾，它用母亲的博爱和宽容，一景三享，声名显赫。

黄河两岸，壁立千仞，峰峦耸峙。长河折沉，深峡跌落。参星照炳，银河呼应。宇宙无穷，盈虚有数。

大河本应向东流，也许是带着对母亲河的虔诚朝觐，清水河县境内的浑河、清水河、杨家川、道峁沟四条水系倒流逆行，纷纷向西扑入母亲的怀抱。

门前流水尚能西！

这是大自然对清水河县的馈赠。勤劳、坚韧、纯洁、朴实的清水河县人民带着无限的敬重，亲手将老牛湾打磨出岁月的痕迹，浓情厚谊都融在文旅创新的风华里。

老牛湾冰雪消融，二月河开。碧水清澈，波光潋滟，岩崖陡峭，石壁刀削。舟楫掠过，簇浪涌波，卷岸扑石，层层水晕，荡漾开来。仰看鹰击长空，俯瞰鱼跃水面。悬崖石壁，藤萝挂蔓，岩隙石缝，燕雀筑巢。群鸟密密麻麻，叽叽喳喳。河风送爽，水雾沾面，舟从河中过，人若画中游！

万家寨水电站在此蓄水，丰水期水位提高近百米。若逢水电站防洪泄水，水流从闸门喷涌而出，上百米的大坝，猛然间涌出一股白浪，长河倾泻，白柱悬空，彩虹幻化，云蒸霞蔚，为这一湾清水胜境锦上添花。

当一轮通红的夕阳染醉天边晚霞，悠扬动听的爬山调唱响幸福的欢歌。"大漠孤烟直，长河落日圆"的古风遗韵在老牛湾的河床古道和沙漠丘陵间完美展现。

  高崖锁钥，天堑相守。
  枕山筑墙，临河建堞。
  雄关剑楼，万夫莫开。

天时不如地利，以山川为据，巧借地势之险，老牛湾，长城的天险屏障，天下独此一景。

  长城为襟，长河为带。
  钟灵毓秀，回清倒影。
  仁者乐山，智者乐水。

联袂舞动，便是一首赞歌。

崖断千尺曲水，烟笼十里长河。雄视古道，傲睨绝崖，水蓄力量，激流涌岸，迸溅而出，开启了新的征程。黄河用自己的威名书写着波澜壮阔的传奇。

张　军　就职于清水河县委巡察办。清水河县作家协会会员，多次获得清水河县文化艺术成果长城奖。

与黄河的情结

从小我就听说黄河是中华民族的母亲河，她孕育了中华文明，她是我国的第二长河，滋养了九省的人民。黄河顺，天下安；黄河安，国家昌。我作为土生土长的长城脚下的清水河人，从小就对黄河有一种莫名的向往，梦想有朝一日能够领略到她的壮美。

"天下黄河九十九道弯，最美不过老牛湾。"早年，老牛湾还未声名远扬，我便常常用彩笔描绘心中黄河的模样。后来我才知道，黄河流经清水河县的喇嘛湾镇、宏河镇、窑沟乡、老牛湾镇，在不同河段展现出不同的性格。但相同的是，黄河两岸蕴藏着原始且丰富多彩的自然风光，吸引着无数游客慕名而来。作为清水河人，若是没去过老牛湾，心中总会萦绕着一丝惋惜与遗憾。于是，游黄河、赏老牛湾，成了我心中一个难以释怀的梦想。

1991年的夏天，我第一次领略到了黄河的美。那时，班里一位家境优渥的同学邀请我们几位好友去他家做客，也正是这次机会，让我初次邂逅了黄河。那扑面而来的黄色浪潮，宽阔的河面，汹涌的波涛，瞬间震撼了我。同学家就住在黄河岸边，距离他家的几孔窑洞不过百余米，极目远眺，满目皆是黄河，河面宽阔无垠，气势磅礴，尽显母亲河的豪迈。同学说，他是听着《黄河大合唱》里"风在吼，马在叫，黄河在咆哮"的激昂旋律长大的。他也爱讲黄河的故事，就如同我给他们讲述长城脚下的传说一样。我们彼此羡慕着对方的出生地，仿佛自己投错了胎。我家离山西很近，早晨可以听见山西的公鸡打鸣，那叫声里似乎还带着晋剧的韵味，格外亲切。而同学对黄河的水性了如指掌，从潮汐水位的变化，到防凌防汛、抗旱漕运，他都能说得头头是道。黄河岸边的居民，靠着黄河生活，捞柴火、捕鱼虾、渡客行船，做陶瓷、煤炭、布匹、畜产品、水产品等贸易，黄河就是他们的生命线。

傍晚，站在同学家院墙外，便能听见黄河的咆哮，河水拍打着岸边的峭壁，发出震耳欲聋的响声。极目望去，滚滚黄河奔腾不息，一眼望不到对岸。黄河的河岸是土色的，处处是悬崖峭壁、怪石奇峰，只要你展开想象，眼前的景象便能与脑海中的画面一一契合。四周是低矮的草丛，零星散落着几户人家。而我的家乡，是肥沃的田野和蜿蜒的长城，"中"字形城墙内藏着多条暗道，我们小时候常常在里面玩捉迷藏，找不到出口时急得大哭，找到后又会兴高采烈地围坐在残缺的砖石围墙上玩抓骨子，或是比试谁投掷得更精准。

窑沟当地的风俗十分奇特，院墙不是用砖瓦石头垒砌，而是用坛罐、大瓮、古海和花盆有规则地拼接而成，连烟囱都是陶瓷做的，足见当地陶瓷产业的发达，不过也让人不禁怀疑是否存在产能过剩的情况。黄河岸边，有一座七〇二电厂的大烟囱，不停地冒着烟。到了夜间，工厂院墙周围各种声响交织。我们几个同学第一次站在这里眺望黄河，内心激动不已，望着土黄色的河水，对着黄河大声呐喊，等待着那粗犷的回音。

其实，在出发前，同学的家长反复叮嘱我们千万不能靠近岸边，以防发生意外。黄河每年都会吞噬不少生命，溺水身亡的悲剧时有发生，有时连尸体都难以找寻。听闻这些，我们几个旱鸭子都感到不寒而栗，只能远远地望着黄河。岸边的人们为求平安，每年都会用牲畜祭祀黄河。同学绘声绘色地给我们讲述河伯娶亲的故事。河风轻拂，带来丝丝凉意，在月夜中听着这些故事，别有一番情趣，可心里又忍不住担心水怪会突然出现，于是围着电厂转了一圈后，便匆匆回家了。

学生时代总是囊中羞涩，那夜的晚餐却格外丰盛，胡麻油炸糕、清炖鱼、煎虾米、酸米捞饭，还有烩菜。饭后，同学向我们介绍了当地的风土人情。在风平浪静的浅水洼处，渔民们用网箱养殖鱼、虾、蟹，丰收时便外销一部分补贴家用。每到春季开河，大块的流冰顺流而下，常常会把鱼群撞晕，在水力的作用下，鱼群被推向岸边，渔民们只需用耙子就能轻松捞鱼。捞到的黄河鱼金光闪闪，嘴巴突出，胡子短小，品相好的能卖出几十倍的高价。我好奇地询问黄河究竟有多深，同学告诉我，黄河深度不一，从几米到几十米都有，河中央最深，而且随着季节变化，深度也会有所不同。由于泥沙淤积，河床每隔几年就会升高一些，村民们不得不一次次从低处搬到高处。这里一年四季景色各异，但土地稀缺，家中有剩余劳动力的，大多会乘船外出打工。这里一般是男主外、女主内，村民们大都勤劳质朴、憨厚大方。

那时，我们还没有旅游的概念，以为看到黄河的一小部分，便能知晓全貌，只觉得黄河就是弯弯曲曲地向远方流淌，河里鱼虾蟹等水产品丰富。那时的老牛湾默默无闻，直到20世纪90年代，清水河县投资修建了城堡，还根据民间传说塑造了一尊神牛雕像，老牛湾才有了标志性的景观，乘船也有了方便游客上下的台阶。从此，老牛湾开始声名远扬。

一位外地的老干部曾给我讲述过他的一段亲身经历，那是一个令人感动的故事。大约三十年前的一个夏夜，大雨倾盆，道路积水成河。漆黑的夜里伸手不见五指，他艰难地行走在老牛湾的泥泞小路上，疲惫、湿冷和饥饿不断折磨着他。他多么希望能找到一家小旅馆或是一孔破窑洞避避雨。可当时条件有限，既没有饭店也没有旅馆，他还迷了路，只能试着向当地人家借宿。他轻轻敲门，静静等待，连续敲了几家都无人应答，村民们大概早已入睡。这里的人家居住分散，他几乎没有勇气再去敲下一家的门了。就在他感到绝望的时候，一户人家亮起了灯。"谁呀？"一个年轻善良的小媳妇打开门，看到浑身湿透的他，吓了一跳。但很快，她便示意让他进屋避雨，把热乎乎的炕让给他，一半用来晾晒衣服，一半供他休息，还为他提供了晚餐和第二天的早餐。事后，老干部问女主人："你难道不怕我是坏人吗？"女主人机智地回答："落魄时的坏人也有颗仁慈善良的心。"后来得知，女主人的丈夫是船夫，当时外出渡船去了。而这位借宿的长者，是黄河探河爱好者。他被当地居民的淳朴善良打动，也被黄河奇特优美的风景所吸引。这里没有过度开发，居民们爱护家园和黄河，保留了原汁原味的黄河美景。此后，他多次向内蒙古影协、画协和身边的人推荐这里，还年年义务来此做宣传，动员居民开饭店、旅馆，做小生意，希望借助外地游客来拉动当地经济，让黄河的美景为村民带来实实在在的收益。

我真正意义上的黄河之行，是在接待一位来自呼伦贝尔的朋友时开始的。他生长在草原，对山水格外着迷。所谓"仁者乐山，智者乐水"，我们乘坐柴油船，从老牛湾堡出发，到达万家寨后返航。虽然没有导游，只能听船夫简单介绍，但朋友觉得不虚此行，还向许多家乡的朋友介绍来这里游玩。而我们本地人，或许早已对身边的黄河美景习以为常，忽略了它的魅力。

第二次游黄河，我们坐的是快艇，体验着速度与激情，心怦怦直跳，生怕一不小心掉进水里。这次，我们登上了万家寨堡，穿过了天桥。返程时，我发现沿途多了一些停船的码头。

最有烟火气和情调的一次游玩，是陪老婆孩子来的那一次。一路上，孩子兴奋不已，根本顾不上听我讲解。闺女一会儿说这里像什么，一会儿说那里像什么，还不停地夸赞这里的美食。我们不停地拍照留念，流连忘返。

去年，我和文联的朋友们一同乘坐大船，从城湾宁城边古城遗址到仙人湾，全程约五十海里。一路上欢声笑语，气氛热烈。此行肩负着两项重要任务：一是评选峡谷景观，二是文艺创作采风。这一路上，文化元素丰富，景点众多，我们在黄河上停留的时间很长，途经步步登高、神龟增寿、老君圣地、水猿大圣等景点，美景接连不断，让人应接不暇。

倘若你是一位诗人，置身于老牛湾，定会情不自禁地赞美黄河与老牛湾。《老牛湾》诗云："黄河九曲老牛湾，壁立千峰映水寒。古堡沧桑留古韵，风光如画醉人间。"《赞老牛湾》中又是这样赞美老牛湾的："老牛湾处景如仙，水绕山环映碧天。古塞雄姿今尚在，游人至此忘归年。"这些诗句，正是老牛湾美景的生动写照。

近年来，老牛湾景区日新月异，变化巨大。去年，我们单位职工多次前往景区清扫环境，每次去都能看到新的变化。有一次，我沿着沿河栈道走了十多公里。走在爱情步道上，心中虽已少了爱情的浪漫，却满是责任与担当以及对亲情的珍视。

时间花在哪里，哪里就会有收获。近年来，清水河县委、县政府高度重视旅游业发展,全县干部群众积极参与。通过大家的共同努力,2024年,老牛湾成功创建国家5A级景区。如今,老牛湾正敞开宽广的胸怀,迎接全国各地的游客前来体验黄河风情,感受几字湾的独特魅力,聆听古老的传说,在黄河与长城的拥抱处打卡留念,开启一场难忘的心灵之旅。

> **张俊清** 笔名小油灯。爱好写作、绘画和手工艺品制作。呼和浩特市作家协会会员，清水河县作家协会会员，昭君诗社会员，呼和浩特市长城科普学会副秘书长。

黄河湾里诗意长

老牛湾，这个被岁月温柔雕琢的古老村落，宛如一颗遗落在时光深处的明珠，是自然与人文交织的稀世珍宝，更是历史与现代交融汇聚的鲜活画卷，散发着令人难以抗拒的独特魅力。

老牛湾，得名于其神似老牛的山体形态，黄河在这里悠然拐过一道优美的弧线，像是在漫长的岁月里特意为这片土地留下的深情吻痕，满含敬意。而长城，宛如一条蜿蜒盘踞的巨龙，亦在此处留下雄浑壮阔的身姿，与黄河并肩前行，千百年来共同守护着这片古老且厚重的土地。登上高处极目俯瞰，老牛湾恰似一幅韵味无穷的水墨画，黄河的粼粼碧波与长城的青砖灰瓦相互映衬，相得益彰，共同勾勒出动人心弦的绝美景致，让每一位目睹此景的人都沉醉其中，难以忘怀。

外地游客踏入老牛湾，首先映入眼帘的便是那些依山而建、傍水而居的石窑洞。这些窑洞承载着岁月的痕迹，内部构造精妙，冬暖夏凉，四季恒温，堪称避暑防寒的不二之选。每当夕阳西下，余晖洒落在这片土地上，袅袅炊烟缓缓升起，给窑洞蒙上一层神秘的薄纱，使其看起来格外温馨宁静，仿佛在静静诉说着往昔的悠悠岁月。

生活在这里的农民，世世代代以耕作为本，与黄河朝夕相伴，和长城比邻而居。黄河的涛声融入他们的日常生活，船工们喊出的悠扬号子，承载着与黄河共生共荣的坚韧精神和万丈豪情，在这片土地上久久回荡。老人们常常坐在村头的老榆树下，在斑驳的树影中，缓缓讲述着关于黄河与长城的古老传说。那些故事里，有先辈们的奋斗与智慧，也有这片土地的沧桑变化，每一个字都饱含着岁月的沉淀，让聆听者仿若穿越时空，亲身感受那段波澜壮阔的历史。

"黄河之水天上来，奔流到海不复回。"李白笔下的黄河气势磅礴，而老牛湾的黄河，既有温柔婉约的一面，又不失波澜壮阔的豪情。下了船，站在黄河岸边，望着眼前看似平静却蕴含无限力量的河水，心中油然而生一股豪迈之感。黄河，这条中华民族的母亲河，在老牛湾展现出了独特的气质，她是生命的源泉，也是历史的见证者，静静流淌的河水诉说着千年的故事，滋养着两岸的人民。

老牛湾，还是一个充满神话故事的神奇之地。神牛的传说、望夫台的守望、涂山氏采药的艰辛、龟蛇山的神秘、母子情深的温暖、福娃增福的美好祈愿、一掌定乾坤的豪迈气魄，还有那饱经沧桑的老牛湾堡，都被岁月串联在一起，构成了美轮美奂的5A级旅游打卡地。作为一个热爱剪纸的人，我用一把剪刀，在一米零二公分长、二十五公分宽的红纸上，精心雕琢，将这些动人的神话故事和标志性景观一一复刻，希望能把老牛湾的独特魅力定格在纸张之上，留给未来的岁月去细细品味。

去年，我有幸与文艺界的朋友们一同登船游览老牛湾。轮船缓缓前行，载着笑容满面、满怀期待的我们。导游站在船头，滔滔不绝地讲述着那些流传千古的神话传说，我听得如痴如醉，仿佛走进了一个充满奇幻色彩的世界。黄河大峡谷的美景令人目不暇接，老牛湾堡的独特造型更是让人眼前一亮。碧水湾在蓝天祥云的映衬下，美得如诗如画，我尽情呼吸着这里的新鲜空气，耳边回荡着"天下黄河九十九道弯"的悠扬歌声。在轮船上，我不时拿出手机拍摄几段视频，分享在社交平台上，恍惚间，觉得自己像是制作了一部老牛湾的宣传片，想要把这份美好传递给更多的人。沉醉在老牛湾的美景中，我不禁赋诗一首：

夕阳西下恋碧湾，
神仙飘逸笑开颜。
一步三回招招手，
这里打卡醉神牛！

这首打油诗，虽难尽述老牛湾的美妙，却也真切地表达了我当时的心情。老牛湾，它是一首尚未写完的诗篇，每一个字符都跳跃着生命的活力；它是一幅尚未完成的画作，每一笔色彩都蕴含着无尽的故事。它静静等待着更多的人前来探索、品味与传承，将这片土地的美好延续下去，让老牛湾的传奇在岁月的长河中永远熠熠生辉。

> **秦翻花** 呼和浩特市作家协会会员，呼和浩特市电影家协会会员，呼和浩特市长城科普学会会员，清水河县作家协会会员。多次获得清水河县文化艺术成果长城奖。

醉美老牛湾

　　面积达九点五平方公里的老牛湾黄河大峡谷旅游景区，坐落于蒙晋陕黄河大峡谷的核心区域及黄河几字湾的腹地，素有"北方小三峡"的美誉。2022年，其入选内蒙古首批省级文明旅游示范单位。2024年12月，老牛湾黄河大峡谷旅游区被国家文化和旅游部认定为国家5A级旅游景区。

　　当您踏入景区，登上望河楼，黄河与长城相依相伴的壮丽景致即刻映入眼帘，黄河的绝美风光一览无余，蔚为壮观。此时，您便能深切地领略到大自然的神来之笔以及古人的智慧与勇气。老牛湾景区因壮丽的峡谷和丰富的历史文化遗迹而声名远扬。黄河流经此地形成独特的大转弯,被誉为"天下黄河第一湾"。高耸的峡谷簇拥着滔滔黄河一路向南,气势磅礴,锐不可挡!您定会被老牛湾黄河大峡谷的苍茫与浩渺所深深震撼。两岸悬崖峭壁,峡谷幽深,山峰险峻,山峦层叠,沟壑交错,河道蜿蜒曲折,绿树漫山遍野,黄土高原起伏绵延,构成了天然的盆景景观,给人带来强烈的视觉冲击和心灵震撼。这片土地的壮美与坚韧,似乎在诉说着千年的悠悠往事。这里既是长城与黄河交会之处,也是大自然与历史文化的交融之所。

您沿着长城悠然漫步,仿佛瞬间穿越时空,回到了千年前的岁月。黄河,这位巾帼豪杰;长城,这位须眉豪杰。他们英姿勃发,亦不乏万千柔情;他们相互凝望,在老牛湾欣然握手,同心协力挽成一个硕大的"中国结";他们相依相守,共护中华美好家园,绘就了一幅宏伟壮丽的画卷。也正因如此,这里充满了神奇的传说。驻足烽火台前,您能够想象出古代士兵在此坚守家园的艰难场景。这里的一砖一瓦、一墙一壁,都承载着厚重的历史故事,令人不禁心生感慨。

当您乘坐游船游览老牛湾的美景时,定会令您终生难忘。游船在黄河中穿梭二十多公里,使游客亲身感受母亲河的迷人魅力。在游船上,您能够悠然自得地欣赏两岸的悬崖、奇石和潺潺流水,感受黄河的壮阔和峡谷的深邃。游船还会途经一些历史遗迹和文化景点,让您在欣赏自然风光的同时,也能体悟到深厚的历史文化韵味。

老牛湾村这座古朴的村落,堪称明代村落布局的佳作。古村落建筑依着山势,错落有致,石窑、石檐、石院墙、石碾、石磨、石杵、石臼,石柜、石锁、石仓、石碑、石狮,皆由当地的石头堆砌而成,真可谓"俯拾皆石"。其曾荣获"中国传统古村落"的称号,被誉为"石头民俗博物馆"。这里山清水秀,民风淳朴。村民们以原始的牛耕田劳作,以捕鱼为生,也有人经营着农家饭庄,过着田园牧歌般的生活。他们热情友善,向游客展示着这里的风土人情。游客聆听他们讲述黄河边的生活，感受这里的淳朴民风。在这里，我们看到了当地人民的坚毅与智慧，他们在这片土地上生生不息，传承着千年的历史文化。

在老牛湾，我们还可以品尝到当地的特色美食。这里的农家菜色香味俱佳，尤其是当地的特色小吃，更是让人唇齿留香、回味无穷。当地的烤鱼和烤肉，口感鲜嫩，风味独特。酸米饭、野苦菜、软油糕、抿豆面，各具特色，让游客大饱口福。此外，还有众多当地特产，例如蜂蜜、果酱、海红果等，皆是不可多得的美味。

老牛湾景区基础设施完善，游客服务中心功能完备，提供多种住宿选择，从星级酒店到特色民宿，能够满足不同游客的需求。景区还精心规划了多条旅游线路，游客可以乘船领略黄河风光，也可以徒步探寻古长城遗迹，深度感受老牛湾的魅力。老牛湾不仅是长城与黄河交会之地，也是"中国最美十大峡谷"之一，其独特的自然景观和深厚的历史文化底蕴，令人心旷神怡、流连忘返。

夕阳西下之际，我们伫立在黄河岸边，望着夕阳余晖映照下的老牛湾，心中涌起一阵难以言喻的感慨。这里的山、水、人、长城，共同绘就了一幅美丽的画卷。老牛湾之旅让我深切感受到了大自然的壮美与历史的厚重。这里的一草一木、一砖一瓦，都在诉说着千年的历史传奇。我想，正是因为有这样的传奇故事，我们的生活才更加多姿多彩。我愿将每次旅行的深刻感悟分享给每一位读者，让他们也能领略到老牛湾的独特魅力。期望有更多的游客能够来老牛湾观光游览，感受大自然带来的宁静与美好，愿老牛湾的美丽永远铭记在游人的心中，成为人们心灵的温馨港湾。

吴 静 出生于1947年1月,内蒙古清水河县城关镇人,毕业于内蒙古扎兰屯林校。爱好书法、音乐,闲暇时写些小诗、随笔、杂记。

老牛湾石韵

在黄河的臂弯之中,老牛湾安然静卧,犹如一位历经沧桑的老者,默默守望着天地间的风云变幻。此间,峡谷深邃,石头缄默,每一寸土地皆铭刻着岁月的足迹,每一道褶皱都在低诉着古老的传奇。

步入老牛湾,率先跃入眼帘的是那精妙绝伦的石头建筑。它们错落有致地镶嵌于山水之间,仿若从大地深处自然萌生。这些石头建筑,是岁月精雕细琢而成的艺术珍品,石缝间盈满了生活的点滴温暖。生活于此的人们,于袅袅炊烟中啜饮清风白露,与山川日月相依相伴。当夜幕降临,月色如水,他们在静谧的梦乡中怀抱着对生活的美好憧憬;待朝霞初绽,窑洞被微光唤醒,雨滴般清脆的鸟鸣瞬间打破沉寂，声音与色彩交织成一首动人的晨曲，开启了老牛湾全新的一天。

老牛湾的山势极其险峻，明王朝的长城顺着山势蜿蜒伸展，恰似一条沉睡的巨龙。黄河水滔滔不绝，穿岩破石，一路奔腾向东。那汹涌的河水与坚硬的山石激烈碰撞，激起千层浪涛，发出震耳欲聋的轰鸣声，似乎在诉说着老牛湾凝重而苍凉的往昔。在这里，深厚的人文积淀犹如一座无尽的宝藏，引人深思，挖掘不尽。

老牛湾的四季，各有其独有的魅力，而石头，宛如一条坚韧的丝线，贯穿于这四季之景中，成为岁月最忠实的见证者。

冬季，皑皑白雪为这片大地披上银装，整个世界变得纯净无瑕。石头在雪的覆盖下，轮廓变得柔和起来，却依旧坚守原地。一头仿佛盘膝而卧的老牛，静伏在晶莹的雪被之上，宛如在沉思过往。其身下的石头，就像沉稳的基座，默默承载着这份静谧与厚重。梯田沉睡于雪层之下，积蓄着力量，静候春天的召唤。田埂间的石头，历经风雪，依然稳固地分隔着每一寸土地，守护着这片沉睡的希望。

当春风送暖时，解冻的黄河水汹涌而过，拍打着岸边的石头，石头在水流的冲击下愈发光滑，也愈发坚毅，见证着生命的蓬勃与不屈。此时，石头窑洞在春光中苏醒，石头表面被阳光镀上一层暖黄色，那是岁月沉淀后的温柔色泽。窑洞里的人们，在石头构筑的温暖家园中，开启新一年的劳作与生活。

秋天，悬挂在峰峦颈项上的累累硕果，是人们辛勤汗水的结晶，使老牛湾尽显丰饶与华贵。石头院中的石桌上，摆满了丰收的果实，石头围栏边晾晒着金黄的玉米，这些石头默默陪伴在人们身旁，共享着丰收的喜悦。远处，长城在秋色中愈发雄伟，每一块石头都饱经沧桑，却依旧紧密相连，它们不仅勾勒出历史的轮廓，更承载着老牛湾的记忆与传承。

黄河似母亲般温柔，闪耀着粼粼波光，河水沿着石头铺就的河道流淌，石头在水流的轻抚下，见证着岁月的变迁。在老牛湾，长城与黄河深情相拥，即便黑云压顶、天寒地冻，长城与黄河也难以掩盖它们的壮美与纯净。

夕阳西下，余晖洒落在山野之间，老牛湾的人民迈着沉稳的步伐，点燃希望的火种，在这片土地上辛勤耕耘，收获着五彩斑斓的生活。石头，在这每一个平凡而又珍贵的瞬间里，静静矗立，它们是老牛湾的根基，是生活的守护者，是历史与未来的纽带。石头，默默讲述着这片土地的故事，见证着一代又一代老牛湾人的成长与拼搏。

石头院、石头窑洞，留存着人间烟火，守护着一方温暖与喜庆。人们在岁月的长河中挥动着生活的画笔，描绘出一幅幅绚丽的画卷。汗水滴落于垄沟，犁尖划破土地，精雕细琢的梯田里，禾苗翻涌成浪，承载着一代又一代老牛湾人的梦想。

登上高山之巅，俯瞰老牛湾。脚下石头紧密相依，历经岁月而毫不动摇；眼前黄河水后浪推前浪，永不停息，尽显磅礴气势。坚硬的山石与滔滔的河水，正如生活中的坚韧与温柔相互交织。"黄河之水天上来，奔流到海不复回"，在这豪迈壮阔之中，晚风吹散人间烟火，生活的琐碎被繁茂的草木温柔包裹，如梦如幻。一切都沉浸在悠然的氛围里，让人沉醉，不舍离去，只愿在老牛湾的怀抱中，让时光缓缓流淌，品味这山河石韵间的岁月长歌。

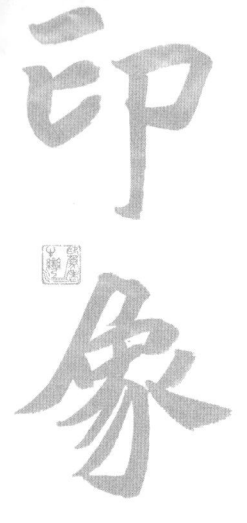

王永平 中学高级教师。曾任清水河县明德幼儿园园长、青少年活动中心主任、教育局兼职督学。爱好文学和音乐,偶有小作发表于清河创客,作词作曲的多首歌曲在不同刊物上发表。与高建忠老师合作的歌曲《阿妈的小木碗》获得2024年全国词曲大赛银奖。

记忆深处的美

黄河,这条奔腾不息的母亲河,从远古走来,带着岁月的沧桑与厚重,滋养着中华大地。老牛湾,如黄河上一颗璀璨的明珠,镶嵌在晋陕蒙三省交界之处,以其独特的魅力,诉说着古老的故事,绽放着迷人的光彩。

走进老牛湾,首先映入眼帘的便是那壮阔的黄河。黄河在这里拐了一个弯,宛如一头老牛回转,因此得名。河水奔腾不息,波涛汹涌,却在老牛湾处显得格外温顺,仿佛母亲河在轻声吟唱着古老的歌谣。站在岸边,望着那滚滚黄河水,心中不禁涌起一股敬意。这便是黄河,中华民族的母亲河,她历经沧桑,却依然奔腾不息,孕育了中华文明,见证了历史变迁。

老牛湾不仅有黄河的壮美，更有那独特的风景。这里山峦起伏，沟壑纵横，黄土高原的风貌尽显无遗。然而，就在这样的黄土地上，却生长着一片片绿色的植被，给这片土地带来了生机与希望。沿着黄河边的小路漫步，可以看到那古老的长城遗址。长城与黄河在这里交会，仿佛是历史与自然的完美融合。长城的残垣断壁，见证了岁月的洗礼，诉说着往昔的辉煌。而黄河则在它的脚下静静流淌，仿佛在诉说着一个又一个古老的故事。

老牛湾的美食更是让人难以忘怀。这里的人们以黄河水灌溉，以黄土地种植，孕育出了许多独特的美食，其中最具代表性的便是黄河鲤鱼和海红果。

黄河鲤鱼以其肉质鲜美、营养丰富而闻名。在老牛湾，你可以品尝到最正宗的黄河鲤鱼。无论是红烧、清蒸还是油炸，都能让你大饱口福。此外，还有用黄河水灌溉的蔬菜，新鲜脆嫩，口感极佳。

海红果是清水河沿黄河两岸栽植历史最悠久的一种小型水果。而老牛湾的小村庄四座塔则是中华大地上第一棵海红果树扎根的地方。每当秋末初冬，红彤彤的果子挨挨挤挤地挂在海红果树上，像一枚枚喜气洋洋的小灯笼，照亮了清水河百姓的幸福生活。冷冻过的海红果放在冷水里解冻，色泽深红，口感酸甜绵密，让人欲罢不能，回味无穷……

在老牛湾，美食不仅仅是一种味觉的享受，更是一种文化的传承。每一道美食背后，都蕴含着老牛湾人民对生活的热爱与执着。

在老牛湾，你还可以感受到浓郁的黄河文化。这里的人们世代生活在黄河边，与黄河相依为命，形成了独特的黄河文化。在黄河岸边，你可以看到古老的水车吱吱呀呀地转动着，仿佛在诉说着岁月的故事。水车是黄河文化的重要象征，它见证了黄河人民的智慧与勤劳。此外，还有黄河号子那高亢激昂的歌声回荡在黄河上空，让人感受到黄河人民的豪迈与坚韧。

老牛湾，一个充满魅力的地方。这里有黄河的壮美，有独特的风景，有美味的佳肴，更有浓郁的黄河文化。在这里，你可以感受到大自然的鬼斧神工，可以领略到黄河文化的博大精深，可以品尝到地道的黄河美食，更可以感受到老牛湾人民的热情好客。老牛湾，就像一幅精美的画卷，在黄河岸边徐徐展开，等待着人们去欣赏、去品味、去感悟。

黄河汤汤，岁月悠悠。老牛湾，这个古老而又充满生机的地方，将永远留在我的记忆深处，成为我心中最美的印象。

高仝才 呼和浩特市清水河县人，爱好文学，致力于创作反映清水河县乡土文化的故事作品。

长城黄河共此湾

在二人台的悠悠唱词里，有"黄河几百年一澄清，澄清！澄清！九澄清！娉奴时候谁送亲？""黄河千年一澄清，娉妹妹时哥送亲……"这质朴的语句，道出了黄河水浑浊的千古常态。黄河，自它的源头起，便一路奔腾呼啸，裹挟着大量泥沙滔滔而来，那汹涌澎湃的气势，正是"黄河之水天上来，奔流到海不复回"的生动写照。在黄河入海口，大片海水被它染上了一层灰黄，可见其泥沙含量之高。然而，谁能想到，当黄河一路浩荡涌来，途经黄河老牛湾下游时，在万家寨水库的截流下，竟发生了奇妙的变化。原本汹涌浑浊的河水瞬间变得温顺了，宛如一位新婚少妇，羞涩地褪去浑黄的外衣，露出清澈的本质。在万家寨水库大坝至上游几十公里的河段内，经过大坝截流的沉淀，一汪清澈的湖水汇聚而成，碧绿的湖水倒映着蓝天白云以及两岸峡谷内突兀的悬崖峭壁，美景如画。

踏入老牛湾黄河大峡谷旅游区，登上望河楼，眼前的景色令人心潮澎湃。黄河与长城相依相伴，展现出壮丽非凡的景象，让人不禁感叹大自然的鬼斧神工以及古人的智慧与勇气。高高的峡谷间，滚滚黄河一路南下，气势磅礴，荡气回肠，那不可阻挡的力量震撼人心。两岸壁立千仞，重峦叠嶂之间沟壑纵横，河道蜿蜒曲折，绿树遍布山野，连绵起伏的黄土高原尽显雄浑壮阔之景。这片土地仿佛是一部厚重的史书，每一处景致都在诉说着千年前的历史故事。它不仅是长城与黄河握手的地方，更是大自然与历史文化的交融点，承载着岁月的沉淀与文明的传承。

春、夏、秋三季，游客们登上游船，在库区湖面上惬意畅游。轻快的游船如同一叶扁舟，轻轻漂荡在湖面之上。船驶过之处，留下的划痕瞬间便愈合得光溜溜的，就像敷过神奇的灵药，只留下一圈圈涟漪荡漾开去。雨天时，雨点纷纷落入湖水，湖面顿时泛起一圈圈涟漪。雨渐渐变大，湖面上的涟漪你追我赶地荡漾开来，远远望去，湖面一片灰白，那是雨滴刺入湖水后溅起的诸多水花形成的独特景象。雨渐渐停歇，湖面恢复了平静，没有一丝涟漪，只有几只蜻蜓点水嬉戏时留下的几道浅浅划痕，也很快被湖水悄然抹去，仿佛一切都未曾发生。

初冬时节，黄河流凌期来临，上游漂下来的巨大冰块汇聚在库区内，冰块相互连接，形成一个巨大的冰盖，严严实实地覆盖在湖面上。硕大的冰封湖面与千里雪山融为一体，目之所及，除了雪白，还是一片无瑕的雪白，纯净得让人的心灵为之震颤。有的湖面呈现出龙鳞状花纹，宛如一条巨龙静卧在河面上安然过冬，神秘而又壮观。老牛湾的美景数不胜数，一时半会儿实在难以尽述，就留给众多游客及文人墨客们去慢慢品味、精心点评吧。

桑梓绮怀

印象老牛湾

印象

> 李巨 退休教师。清水河县作家协会理事，《中国诗歌报》内蒙古工作室主编，大河诗刊社签约诗人。爱好文学创作，在报纸杂志和网络平台发表散文、诗歌多篇，偶有获奖史。

浪遏飞舟黄河行

　　记得，小时候村里人每年都要赶着毛驴到黄河畔上驮臭果子、西瓜。回来后他们就会描述一番黄河的水有多么汹涌，崖壁有多么险峻。我心里想：等我长大了，一定要亲眼看看黄河到底长啥样子。

　　后来，我上师范时结识了正在读高中的几个朋友，其中一个就是老牛湾的人。他总是夸他们黄河畔的油糕有多么精软，米饭有多酸甜，海红果有多么香甜。因了这些，有一年放暑假，我就跟着朋友专门去了一趟老牛湾，不仅吃到了精软的油糕、酸甜的米饭，还目睹了黄河的真容。那个季节海红果还没熟，一树一树的海红果却让我大饱眼福。那时老牛湾村还是依坡而建的小村子，人不多，石头多。目之所及，石墙、石碾、石窑洞、石磨、石臼、石头院。那时还没有现在那么大一块石磬的大停车场，更没有牛气冲天的神牛造像，没有高大的望河楼及天梯般的石阶，河里也没有大大小小的游船。站在悬崖边向下望去，峡谷里竟然藏着那么宽那么长的一条河。河里的水虽然浑浊，却翻腾着浪花，撞击着两岸的崖壁，发出震耳欲聋的声响。它终日奔流不息，七弯八拐，左冲右突，一路向南而去。

我家住在长城边上，常年干旱，连人畜饮水都成了大问题。那时身处老牛湾，我只羡慕老牛湾那条河。我又慨叹，那么多的河水，竟然白白流走了，多么可惜呀。我幻想着，有朝一日黄河向东冲开一道缺口，从大山旮旯里流到我的家乡。

我的家乡虽然山大山多，却不算陡峭。爬一座山尽管须费大力气，但不必担心险象环生。而我惊叹老牛湾斧劈刀削般笔立的悬崖峭壁。站在崖畔向下望去，头晕目眩，胆颤腿抖，心都快跳出来了。还有一些栩栩如生的石头景象，看得我眼花缭乱，流连忘返。后来，我又跟着朋友去了几趟老牛湾，仍然是在村边转转，仍然是看旧景象、听老故事。老牛湾给我的整体印象是河水宽，崖壁险；油糕筋软，米饭酸甜；海红果果香，西瓜瓤瓤甜；山羊肉肥美，河鲤味道鲜；女人们水色色好（颜面白嫩如藕），男人们有人缘（老实憨厚，好打交道）。

以后，老牛湾成了国家地质公园，塑起了气冲霄汉的神牛造像，成排的农家乐层次分明，河底停靠着大大小小的游船小艇，民俗文化、非遗文化，都能让人感受到这里厚重的历史和浓厚的乡土气息。

去年四月，我们作协四人去了趟老牛湾。那一次是带着任务的——在大峡谷中找景点。当时说是去老牛湾坐游船，结果在下城湾上了小游艇。刚开始小艇开得还比较慢，在平静的河面上，信马由缰一般。我们可以极尽视野，去发现那些有故事的景点。第一次坐船，尽管穿着救生衣，但我心里总有些不踏实。在那宽阔的水面上，艇舷几乎贴着水面。我总感觉我们几个人像一片叶子上的几只蚂蚁，随着叶片在水面上漂来荡去。

也许是天不作美，也许是太极湾的神秘想用朱砂红在我们一行人的脑子里打上一个重重的印记，刚才还好好儿的天，瞬间就变了脸。

整个老牛湾黄河大峡谷冷风大作，雨雪裹挟，箭镞一样射在我们的脸上，针扎一样痛。我们抬不起头，睁不开眼。低头避雨雪的那一刻，只见穿谷冷风抱起一团团河水，用力摔向河面。浪花像炸弹爆炸一样飞溅而来，打湿了船上所有人的衣服。打着寒战的我们都蜷缩成蜗牛。"这鬼天气，行船危险，景点是找不成了，只能打道回府了。"开艇的人说。众人一致允诺。

小艇加大油门，在风急浪高、雨雪交加的黄河大峡谷中疾速穿行。小艇时而疾起，时而速落，像谁从上游打过来的一串水漂。这是真实的浪遏飞舟啊！我这样想着。

别说是手心攥着一把汗，脚心里的汗也快把鞋子灌满了。有谁不怕呢？而开艇的人还时不时说上一句笑话，时不时喊上两声："痛快！"我急了，喊了一声："师傅，能不能慢点儿啊！"他回眸一笑："没事，放心吧，没事。"那语气，仿佛黄河是他们家的，啥都是他说了算，他说没事就没事。我说："这么快，能不危险吗？"他说："你们耍笔杆子的，还不知道黄河是我们的母亲吗？有母亲的护佑，你就一百个放心吧，怕个啥！"呵呵，说得多轻松啊。但我转念一想，他不怕也是有道理的，他是黄河边上的人嘛，就像爬长城他爬不过我，黄河行我比不上他。而我们都是黄河的子孙，有着一样的肤色、一样的血脉，黄河护佑着他，也护佑着我。

开艇人几句话就给我壮了胆，我竟肆无忌惮起来，一会儿站起来指指点点，一会儿坐下来说说笑笑；一会儿到艇前拍照，一会儿又去艇尾看浪。开艇的人喊了一声:"可不敢乱晃,乱晃船身就不稳了,这才危险哩!"我说:"有母亲护佑着呢。"开艇人说:"你不听话,母亲再疼爱,也有打屁股的时候。"嗯,此话意味深长。

一路上,小艇在泛浪的河面上飞着,两岸的悬崖倒了一般向后移去。艇上的人低着头,蜷缩了血一样,谁都不作声了。慢慢,风软下来了,雨雪也收敛了好多。抬头的刹那,我发现小艇离岸越来越近。终于,一湾河水顺顺利利、安安全全地把我们送上了岸。回首,黄河拥抱着长城,像母亲拥抱着我们……

杨东升 就职于清水河县文化旅游体育局,笔名悟尘。内蒙古朗诵协会会员,呼和浩特市作家协会会员,呼和浩特市电影家协会会员,清水河县音乐家协会会员,清水河县志愿者协会副主席。作品以诗歌、歌曲为主,部分作品刊登于纸媒及网络平台。创作的歌曲获内蒙古文化馆优秀原创作品奖、天津市原创歌曲大赛优秀作品奖。

枕梦山河

十多年了,梦中时常会飘过老牛湾大塔村淡淡的草香、悠远的鸟鸣、潺潺的流水。

当水面泛起微波涟漪,一位钓者的心被紧紧牵系在山水之间。情迷老牛湾,醉赏大塔美景,正源于那场浪漫的游钓。

彼时的杨家川,青石裸露,仿佛袒露着大地坚实的脊背。河岸近乎四十五度的陡坡被黄土掩埋,崎岖难行,却成了钓者心中最刺激的挑战。泊车之处,一排历经沧桑的窑洞静静伫立,宛如沉默的见证者,目睹着山河的交融。春风拂过,满树梨花盛放,洁白如雪,那是岁月里一抹温柔的惊喜。

沿着步道往下走，青石阶梯笔直地插入河底，仿佛探寻着大河深处的秘密，又与垂钓者那颗渴望探索的心完美契合。

搭起帐篷、开好鱼饵、支起钓竿，一场悠然惬意的垂钓就此拉开帷幕。身怀六甲的妻子陪伴在旁，不时发出声声感叹，沉醉于这沁人心脾的景致之中：峡谷蜿蜒如龙，河水明澈如镜，绝壁陡峭似刀劈，花香芬芳馥郁，鸟鸣清脆悦耳……她的一颦一笑、一举一动，仿佛画中走出的仙子，为这美景增添了一抹灵动的色彩。

"嘘——"浮标迅速下沉，妻子瞬间屏住呼吸，目光随着我手指的方向看去。我熟练地挑竿、刺鱼、与鱼儿搏斗，直至它出水、被收入护中，一系列动作行云流水，让妻子惊叹不已。她竖起大拇指，眼中满是赞赏。

那时我们两地分居，这样惬意的相伴时光屈指可数。钓鱼于我而言，是心性的沉淀；而此次相伴出游，不过是我想给予操持家务、辛苦劳累的妻子一点微不足道的补偿。

不知不觉，夜幕悄然降临，月光如银纱般洒在河面上。妻子依偎在我身旁，眼前的景致宛如一幅水墨画。此时，山是静谧的，静得庄严肃穆；水是静谧的，静得祥和安宁；我的心也是静谧的，静得空旷澄澈，仿佛世间的一切纷扰都被这山水洗净。

在这黄河与长城相伴的地方，我们的爱情在山水间慢慢沉淀，新的希望也在悄悄孕育。我轻轻贴近妻子隆起的肚子，用心感受着小生命微弱却又充满力量的气息，满心憧憬着小生命的降临。

有妻子在的地方，小小的帐篷便是我们温暖的家。透过薄薄的纱幔，望向苍穹之上那弯弯的下弦月，不远处闪烁的星辰仿佛在奔赴月光的约会。我将手臂轻轻搭在妻子的肩头，把她紧紧拥入怀中。那一刻，岁月温柔，爱意满溢。

时光匆匆，十多年后，我携妻子重游老牛湾，回到大塔。当年妻子腹中的小生命，如今已长成朝气蓬勃的小伙，在我们身边蹦蹦跳跳，一刻也不停歇。

如今的大塔，名字后多了"部落"两个字，黄土路变成了柏油路，窑洞换上了崭新的模样，曾经的野草已不见踪迹，取而代之的是遍野的花香，梨树枝头硕果累累。唯有那道我们曾搭设帐篷、相拥入眠的青石阶梯，依旧坚守在岸边，宛如一位忠诚的守望者，为我们守护着十几年前的那段浪漫的回忆。

峡谷之上，红日高悬，青云悠悠游走；峡谷脚下，波光潋滟，长河奔腾依旧。

我们伫立在山河之间，重温旧时光，相依相偎。岁月流转，我们的爱又增添了几分，曾经双宿双栖的幸福，如今已变成水映三人的美满。

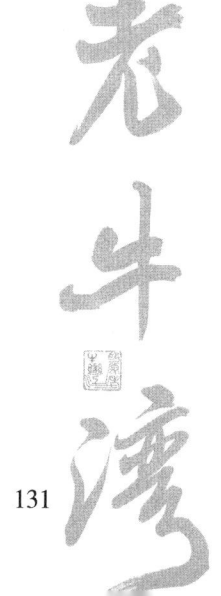

张瑞秀 就职于清水河县交通运输局,清水河县作家协会主席,近几年撰写了大量散文作品,在各类平台及刊物上发表,多次获清水河县文化艺术成果长城奖。

大河之恋

每当大河流凌漂过之时,我就按捺不住对你的挂牵。好想捕捉你每一刻的浪漫与美好,好想静守在你身旁听听你雄浑的高歌,一起感受心跳的共鸣。这样的美好愿望却屡屡因生活的琐碎与无常而被搁置一旁,始终未能得以实现。直至这日,午后的斜阳渐渐西斜,我终于怀揣着那份炽热且压抑已久的期待,与你来一场别样的邂逅。

省道之下,黄河岸边,古老的喇嘛湾如同一位历经沧桑的老人静静伫立。民房紧密相依,层层叠叠,如鱼鳞般密密麻麻地铺满河岸,一砖一瓦都承载着往昔悠悠岁月的痕迹,无声地倾诉着那些被时光掩埋的故事。我们的视线终于冲破了建筑的重重阻碍，黄河那磅礴豪迈的身姿毫无保留地展现在我们的眼前。那一刻，我急切地将目光投向你，心潮澎湃，一种难以言喻的激动如汹涌的潮水瞬间将我淹没，我仿佛漂泊许久的游子终于望见了故乡的炊烟。

我们在路边寻得一处空旷之地，将车稳稳停下。这里是黄河由向东流转为向南流的拐弯之处，附近便是拐上村。据说，拐上村正处于黄河几字湾右上边的拐点，村子也因此而得名。此刻，黄河就在我们脚下缓缓流淌。向上游望去，黄河绕过喇嘛湾，携着白花花的河冰悠悠而来，发出沙沙的响声，仿佛黄土地上蜿蜒游走的巨蟒，带着神秘而古老的韵味。河冰相互碰撞，晶莹剔透，在阳光的映照下闪烁着迷人的光芒。转头向下游眺望，黄河匆匆而去，穿过横卧的喇嘛湾黄河大桥，一路向天边奔涌，好似一条飞天的巨龙，气势磅礴，恢宏壮阔，令人不禁为之惊叹。黄河水滔滔不绝，一路奔腾，雄浑的力量仿佛能穿透岁月的沧桑。河面上的流凌，随着水流跌宕起伏，如梦如幻，为这古老的黄河增添了几分灵动与壮美。

同伴告诉我说，黄河因地段不同，结冰时间也不同。随着黄河水的流动，挤破的冰面随着水流漂浮而下，最终形成了如此壮观的黄河流凌景象。此时，太阳已渐渐西斜，橘红色的余晖如轻纱般洒落在黄河之上，给其蒙上了一层梦幻般的色彩。同伴们兴奋地举起手机拍照，热烈地谈论着黄河流凌的壮美。然而，我们觉得在此观望仍不够尽兴，决定前往河岸边一探究竟。于是，大家纷纷登车，朝着下游的榆树湾村疾驰而去。车随蜿蜒的路前行，路依流淌的河蜿蜒。转过弯道，宁静的榆树湾村坐落在河岸上，一道坚固的河堤宛如忠诚的卫士，将村子与黄河分隔开来。我们沿着村中的小道向着西河岸边行进，最终将车直接停到了河岸上。

毫无疑问，这里是观赏流凌的绝佳之地，而此时，无疑是观赏流凌的绝佳时机。我们的脚下，大地已被严寒冻出一层坚硬的外壳，往昔河畔的

水渍与稀泥此刻已不见踪迹。正因如此，我们可以无所顾忌地走到河边，尽情地与黄河来一次亲密无间的接触，亲身感受黄河流凌带来的震撼与美妙。

黄河水悠悠流淌，平静的表面下蕴含着坚定无比的力量。水面上漂浮着的冰凌，宛如一朵朵洁白无瑕的莲花，如梦似幻，令人陶醉。那大大小小的冰凌，形态各异，有的如晶莹剔透的宝石，闪烁着璀璨夺目的光芒；有的像一片片洁白轻柔的羽毛，轻盈地在水面上漂浮。它们彼此碰撞、挤压，发出清脆悦耳的声响，仿佛共同演奏着一曲美妙动人的乐章，为黄河增添了一抹灵动而奇妙的色彩。

我们所处的位置，是一段弯道。黄河气势汹汹地朝着我们汹涌而来，在我们脚下灵巧地转了个弯，随后又匆匆忙忙地离去，奔赴未知的远方。望着从上游奔腾而至的黄河，我瞬间感觉黄河变得无比强大，犹如猛虎下山一般，气势汹汹地向我扑来。刹那间，我只觉一阵天旋地转。我赶紧闭上双眼，极力让自己平静下来，耳畔传来黄河水潺潺低吟，那声音仿佛在诉说着千古流传的传奇故事。空气中弥漫着丝丝潮润的气息，我深深地呼吸着河风，尽情地嗅着黄河独有的味道。就在这一瞬间，我突然感悟到，黄河是有生命的，它有着自己的心跳和脉搏，有着自己的喜怒哀乐，它承载着岁月的沧桑和历史的厚重。

我独自一人跨过小河沟，奋力爬上河堤。站在这个地方，居高临下，内侧是肥沃的土地，土地在冬日里呈现出一道道龟裂的痕迹；外侧则是汹涌澎湃、气势雄浑的黄河。同伴们因担心我失足落水，焦急万分地大声呼喊着，叫我赶快下来。然而，我站在河堤之上，黄河就在我的脚下奔腾流淌，滚滚而去，匆匆不停。它那磅礴恢宏的非凡气势，令我激动得难以自控。夕阳的余晖毫无保留地倾洒在黄河之上，将其渲染得美轮美奂。此刻，凛冽的河风呼啸着席卷而来，似乎要把人猛地掀翻，使人几乎难以站稳。可我全然不理会这些，只是全心全意沉醉于眼前这波澜壮阔的景象之中，用心感受着黄河的雄浑与伟大。

夜幕渐渐降临，同伴们都已上车，我独自一人伫立在河岸上，久久不愿离去。我沉醉于流凌的壮美，感动于河水的奔腾，任由思绪随着河风飘向远方，去追寻那无尽的苍茫与辽阔。黄河，伟大的母亲河，它不仅滋养了两岸广袤的土地和勤劳的人民，更赋予了我们坚韧不拔的意志和勇往直前的勇气。流凌，是黄河冬季独有的景观，也是大自然慷慨的奇妙馈赠。在这寒冷的季节里，黄河以其独有的方式展示着生命的力量和不屈的精神。

我静静地伫立着，直到夜色完全笼罩了大地。那滔滔的黄河水声依旧在耳边回响，时刻提醒我，这片土地的灵魂永远奔腾不息，永远充满着生机与希望。我带着震撼和感慨缓缓转身离开，心中已然留下了黄河永恒的印记，那是一份深深的眷恋、一份无尽的敬仰。

老牛湾里寻乡愁

"拥抱几字湾,感受黄河魂",黄河那雄浑壮阔的景致,早已在我心底萦绕了无数个日夜,令我魂牵梦萦。终于,在这繁花似锦、芬芳馥郁的五月,我与你——老牛湾,不期而遇。你如一位沉静的智者,在岁月的长河中,始终保持着那份宁静悠远、优雅从容的姿态。

一条如诗如画的黄河,在如屏的青山下蜿蜒流淌,诉说着黄河两岸千百年来的传奇与沧桑。雄浑壮阔的古长城,带着历史赋予的传奇色彩,豪迈地与黄河紧紧握手。古老的城墙与奔腾的黄河相互映衬,勾勒出一幅气势恢宏的壮美画卷,让人不禁心潮澎湃,思绪万千。

我满怀期待地追随你的脚步，缓缓徐行。清眸流转间，老牛湾那独特的风韵便深深烙印在我的心间。这里的每一处风景，都是大自然与人类智慧的完美融合，是心与境的诗意交响。那浓郁的乡村气息，如同甘醇的美酒，为我带来了整个夏日的喜悦与满足。

老牛湾，宛如一颗镶嵌在大地上的明珠，是一个美丽而寂静的地方，更是一处安谧的乐土。这里不仅有得天独厚的自然风光，更有着深厚的历史文化底蕴。这里既有农耕文明的质朴情怀，又弥漫着令人魂牵梦绕的"乡愁"味道。当你来到老牛湾后，不妨放下心中的疲惫与烦恼，走向那广阔无垠的田野。侧耳倾听，虫鸣鸟叫交织成一曲美妙的乐章；极目远眺，田埂上的悠悠芳草随风摇曳，仿佛大地的绿色绒毯。不经意间，或许还能看到惊飞的野鸟划过天际，留下一道美丽的弧线。沿着黄河岸边，去探寻那原始农耕的足迹，在无垠的田野上，悠享这难得的惬意时光。

老牛湾仿佛时光深处的一颗遗珠，在岁月中遗世独立，散发着独特的魅力。这里仍然延续着老祖宗留下的传统农耕方式，毛驴犁地，人工播撒种子，每一个动作都充满了对土地的敬畏。不离乡、不离土，勤劳朴实的老牛湾人，用他们的双手呵护着这片土地。他们不舍得浪费寸土块石，精心地将它们都变成了肥沃的田地，孕育着生命的希望。

站在阡陌纵横的田畴沃野间，一幅生动的农耕画面映入眼帘。只见一位村民正全神贯注地忙着犁地翻土，随着一声清脆而有力的吆喝，一犁、两驴、一农人，便奏响了耕种的序曲。犁铧缓缓入土，泥土随之翻起层层波浪，仿佛是大地在诉说着生命的轮回。这不仅仅是一次简单的耕种，更是一场生命与希望的深度融合。一犁一犁地勾勒，一垄一垄地耕耘，农人躬身亲近黄土，那翻出的泥土，散发着阵阵清香，仿佛已经在预示谷仓的丰收。

几只跟来的家犬，在松软的泥土上蹦蹦跳跳，撒着欢儿。它们时而追逐嬉戏，时而停下嗅嗅泥土的芬芳，似乎也为犁翻出的希望而欢快不已，又仿佛是在以自己独特的方式，向远道而来的我们表示热烈的欢迎。

累了，农人便找一处阴凉的角落，悠然地歇下来。他一边喝着解乏的啤酒，一边遥望着这片充满希望的田野，眼神中满是对秋日丰收的憧憬。而那头驴，则散漫地站在田边，抬着头，神气十足，耳朵直直地竖起，倔强中透出一股憨厚的味道。它仿佛以一种胜利者的姿态，骄傲地告诉我们，就算是不耕田的时候，它也是农田里一处独特而亮丽的风景。

好一派悠然自得、闲适祥和的农家生活图景啊！望着眼前的景象，心中怎能不涌起缕缕乡愁？那是对故乡的思念，那是对田园生活的向往，更是对传统农耕文化的深深眷恋。

在这忙碌与悠闲交织、传统与现代碰撞的生活画卷里，我不由得陷入了沉思。这些年，随着工业化、城镇化和现代科技的迅猛发展，传统农耕文化、农耕技艺正如同风中的烛火，在岁月的流逝中渐渐消逝。然而，在乡村振兴的道路上，我们既要为乡村塑形，让乡村的面貌焕然一新，也要为乡村铸魂，传承和弘扬珍贵的传统文化，留住那一抹难以割舍的乡愁记忆，让乡村在新时代焕发出新的生机与活力。

董金堂 清水河县作家协会会员。文学爱好者,致力于乡土文学作品创作,以阅读充实自己,用文字丰盈生活。

眺望母亲河

薄雾蒙蒙,余晖笼罩,峡谷里漂过一条金黄色的丝带,惊涛拍岸中似乎蕴含着无尽的神秘。追溯她的传说、探索她的故事早已萦绕心间。

偶然的机会,我来到黄河边住了下来。但感觉这些时日特别闷热,想着找个凉爽的地方透透气,便来到了黄河岸边。

站在河岸上向远处望去,河面水流湍急,涌动不息,时而跳跃,时而匍匐,形成了一圈圈薄厚不均的波纹和一个个大小不等的漩涡,随着哗啦啦的流水声,一串接一串地顺流而下,景象十分壮观。河水是淡黄色的,河面很宽阔,惊涛澎湃、波浪滚滚。这气势、这涛声,既惊动了人间,也惊动了天宫。

中伏的太阳,晒得地面发烫,让人感到沉闷、烦躁。眺望奔流不息的黄河水,徘徊在湿润的河岸边,炙热的阳光像是一团燃烧的火焰,燃烧着我的激情,燃烧着我的梦想。我多么想跳进水里,痛痛快快地洗上一澡,洗去沉闷,洗掉烦躁。可我生来就是个旱鸭子,看到汹涌的河水,听到哗哗的涛声,试了几次,还是不敢下水。

恰好村里的老乡来河里游泳,得知我怕水,就对我说:"我生长在黄河岸边,从小就泡在这条河里,哪里水深,哪里水浅,哪里有块石头,我闭着眼睛都知道,你跟着我来保你没事儿。"在老乡的怂恿下,我壮了壮胆子,跟着下到一处较浅的水里,沐浴在流淌的河水中,寻觅着梦境中的神话。

黄河水虽然有些浑浊,但洗过后身上不会沾泥,也没有那种冰冷刺骨的感觉。溅起的水花,落在脸上,流到嘴角,用舌尖舔过,微微带甜,似有草的味道,似有泥土的气息。这大概就是黄河水的特别之处吧。浸泡在水里,那种温凉而舒适的感觉,仿佛让我走进了懵懂的岁月,打开心窗,重启天真的童趣。

然而,长大后我才知道,黄河的发源地是青藏高原巴颜喀拉山北麓的约古宗列盆地。黄河流经青海、四川、甘肃、宁夏、内蒙古、陕西、山西、河南、山东等9个省(自治区),最后注入渤海,是中国第二长河,被称为母亲河。

经过一段时间,我渐渐消除了对黄河水的畏惧,在炎热的中午,总要去那个熟悉的浅水滩洗上一回。在热浪退去的晚间,总会沿着河岸遛上一圈儿,感受河风吹拂的凉意,聆听夜空下黄河发出的"哗啦——哗啦——哗啦啦"的翻腾声,这声音由远及近,从东挪到西,真像是黄龙化河,鱼跃龙门闹出来的动静。这里还可以听到两岸的石湾里传出瓮声瓮气的河流回音和影影绰绰的鸟叫声，不由自主地让人心生战栗。

看到岸边农田里用黄河水浇灌的庄稼长势喜人，农家院里的果树枝繁叶茂、果实累累，我由衷地羡慕这些黄河人家。我憧憬黄河人划着小船，在浩渺的河面上撒下渔网，收获满满；围坐在窑洞的土炕前品尝黄河大鲤鱼的美好生活。

黄河有她温柔的一面，温顺时造福人类；也有她不如意的地方，隔河千里远，给生活在两岸的人们带来了不便。当她发脾气时，会咆哮，会怒吼，会泛滥，会决堤。她泛起的道道波纹，是书写黄河的史记，一圈又一圈，一遍又一遍地滚动，那是翻阅历史的页面；那一个个激荡的漩涡，是在诉说鲁班修造将军柱的故事，诉说大禹治水的篇章，诉说林则徐堵决口的壮举，诉说母亲河的欢乐与忧伤，同时也记载着抗洪抢险的一幕幕动人画面。

母亲的慈祥、母亲的忧伤，牵动着中华儿女的心。为了母亲的容颜，为了母亲的健康，爱我中华、保卫黄河的信念将永远延续。

站在高处，举目眺望纵贯清水河县境西部的黄河，由北向南，从喇嘛湾镇小石窑村入境，南至老牛湾镇老牛湾村出境，总长65公里、流域面积538平方公里的黄河。这一段在母亲河的身躯中显得非常渺小，在地图上可能一时半会儿很难找到，但它占据着特别重要的位置：在这里可以看到神牛犁出老牛湾的奇观，可以看到黄河几字湾的曲径通幽，可以看到长城与黄河握手的雄浑壮阔……

在这条孕育中华文明的长河中，汇聚了历史，汇聚了现在，也汇聚了将来；有壮举，有平凡，有你有我也有他……就在当下，万家寨库区部分沿黄公路防凌能力提升、河道清渣工程开工了。

我能够成为其中的一员，参与这个黄河治理项目，虽然不能与鲁班修造将军柱、大禹治水相提并论，但至少是一种欣慰和荣幸。

眺望黄河,九曲回环,勾勒出一幅壮美而充满诗意的画卷;滚滚激流,呈现出奋进的时代气息……

何 晓 现就职于清水河县委部门。

塞北老牛湾

  作为土生土长的内蒙古人,看惯了一望无际的绿色草原,领略过梦里的江南水乡,见识过落日下的大漠戈壁,然而在这片辽阔大地上初见老牛湾时,着实给我的视觉与心灵带来了巨大的震撼。

  孩子年龄尚小,仅对呼和浩特以北平坦的地形和宽阔的公路较为熟悉。沿着快到老牛湾那曲折的公路一路前行,她对周围的一切都充满了好奇,不停地让我看车窗外的青山绿水、阡陌农田……

  看到老牛湾的瞬间,碧绿的河水微波轻漾,两岸壁立如削,岩壁高耸入云,简直就像一首流淌在清水河大地的动听歌谣戛然而止,不禁让人感叹大自然的鬼斧神工。孩子说:"爸爸,那是有人用刀子刻出来的吗?那么整齐!"当然,她还小,尚不能理解大自然的神奇力量。

正所谓百闻不如一见,在来黄河与长城握手的地方——老牛湾之前,虽已有一些了解,但踏上这片土地的那一刻,如画般的景色还是超出了我的想象。老牛湾的几字形,无疑为其增添了诸多亮点,这里没有汹涌澎湃,反而是一片宁静祥和。当快艇飞驰在河面上时,清澈的水花溅在脸上,放眼波光粼粼的河面,仰望高耸直立的崖壁,我的内心充满了对大自然的敬畏。

当地的村民极其淳朴,湾里的河水分外清澈,这里没有热门景区的喧闹嘈杂,却又不失活力。敬畏之心在看到老牛湾的那一眼便油然而生,在天地之间,众多游客站在老牛湾面前显得何其渺小。在快艇飞驰中看到岸边有几间古老的房屋,虽已不复当年的繁荣景象,但以前住在这里的人们依靠着老牛湾生活,是伟大的老牛湾哺育了这岸边的乡亲们,想到这些,怎能不心生敬畏?

游罢峡谷,下了快艇,从岸边拾级而上,听到上面有音乐声响起,孩子率先爬了上去,回头向我们喊道:"爸爸妈妈,赶紧上来看,有公主!"确实是一位美丽的公主,大型情景剧将游客的思绪带回到了那个泛着旧色的时光。孩子只顾看热闹,她并不知道这是哪位公主,于是妻子给孩子简单讲述了一下关于和硕公主的故事。她眨着大眼睛说:"妈妈,原来和硕公主有两个家,呼和浩特有一个,清水河有一个。她真伟大,能帮助那么多农民伯伯。"从孩子的话语中能够感受到她对和硕公主的真诚赞美。

夜晚的老牛湾愈发静谧,我们当天并未选择离开,只为一睹夜空下的老牛湾。站在广场中央,对面公路上偶有远远近近的车灯光,像是在陪伴着夜幕下的老牛湾。向下望,老牛湾好似一头干完农活归来的老牛,静静地卧在那里,或许在闭目养神,又或许在回首往事。它深深地铭记着这里的过往,它见证了这里的变迁,它或许还会不时和长城交流几句,感叹时光的流逝,赞美这片土地的深厚,赞美这里乡亲的淳朴。

回过头,窑洞上悬挂着的装饰灯格外引人注目,孩子兴奋地叫着:"好美的窑洞啊!"当然,我们在窑洞里留宿了一晚。

快入睡时,孩子还在不停地感叹,嘴里念念有词:"峭壁真陡,快艇真快!"突然,她问道:"爸爸,我们下次什么时候再来玩?"

我说:"你想什么时候再来?"

孩子微笑着说:"我想秋天再来,就是不知道秋天的老牛湾会是什么样子。"

我想了想,告诉她,这里的秋天将会是一种红黄色,那是海棠果红和小香米黄的颜色。孩子似懂非懂地点了点头,说:"哦,那一定更好看!"

乔俊华 清水河县作家协会会员,喜欢用文字记录过往,引发共鸣,传递真情。撰写了大量反映家乡变化的文章。曾连续五年荣获清水河县文化艺术成果长城奖。

老家的长豆面

老家特殊的地理环境和气候条件,成就了种植杂粮的资源,也造就了多种多样的杂粮食物制作方法。豆面,主要是用杂粮中的豌豆加工而成的。豆面具有低糖、低脂和丰富的蛋白质的特点,用它做成的手擀面、抿面、烙饼等美食,深受人们的青睐,也因此成为家乡传统风味美食之一。

小时候,物资匮乏,老家人一年到头吃不上几顿豆面,更别说白面了。包产到户后,家家都种豌豆,除了给牲畜做饲料,剩下的便加工成豆面吃,先是吃豆面比吃白面的次数多,随着日子的逐渐好转,二者转换了角色。也就是从那时起,老家的主妇们练就了手擀长豆面的技艺，我的母亲便是其中之一。

记忆中，每年秋天，老家人会挑选那些颗粒大而饱满的优质豌豆进行加工。

在磨面机出现之前，豌豆的加工过程很烦琐，先在石磨上去皮，老家人叫砬豌豆，去掉皮的不完整的豌豆叫豆黄，然后用适量的水粉上，等到用牙咬后，凭经验感觉硬度适中，再把豆黄用石磨加工成豆面，加工出的豆面颜色淡黄，细腻绵柔，豆香扑鼻。

时至今日，母亲当年擀豆面的场景仍然历历在目。和所有的面食一样，擀豆面首先从和面开始。和面需要蒿子籽，我姨姨那里盛产蒿子，每年冬天父亲赶着车去拉炭，姨姨总要给几斤蒿子籽。蒿子籽这种黑色小颗粒清火健胃，可入药，富含天然植物胶，在水中能形成强韧的凝胶。和面时，按适当比例把泡开的蒿子籽凝胶以及适量的温水加入面中，目的是让擀出的豆面韧性十足，长而不断。和面是体力与经验的双重考验，主妇们在不断重复看似枯燥的搓揉按压中，有着精准把控的力道和平静如水的心境，一招一式，柔中带刚，软硬拿捏，恰到好处。把和好的大块面团分割揉成几块碗口大的面团，饧一会儿就可以擀了。我家曾有一根一米多长的擀面杖和案板，还有一块大塑料布，那是母亲用来擀豆面的工具。擀豆面时，准备好面泼，那时一般是用小米面或者玉米面。将面团擀大擀圆，裹在擀面杖上，两只手握着两端，大腿和腰带动上身摆动，大臂带动小臂，前推后移，手腕灵活，动作麻利，节奏轻快，一米多长的擀面杖在柔软的面团上凌厉翻飞，面团被反复擀压、伸展、旋转、折叠、铺平，一会儿工夫，直径一米左右的面皮飞展在塑料布上，能铺半炕。宽大而溜圆的面皮薄如纸张、均匀一致，把面皮像折扇似的一层层折好，手起刀落，粗细均匀的长豆面条就此形成。一系列的动作似行云流水，一气呵成。把切好的豆面条抖开，一把把地码放好。如此反复，直至把饧好的面团擀完为止。过去家里人口多,擀豆面又耗时费力,每一次都会尽量多擀一些,以便多吃几顿。

豆面之所以加一个"长"字,是因为擀得长且煮不断,蕴含祝福的意思,寓意长长久久。吃豆面,必配汤料,农家生活的好处是就地取材。在青黄不接的年月里,偶尔吃一顿煮豆面,用扎蒙花炝炒的油盐酱或者土豆丁熬汤就着烂腌菜拌面。入秋时的汤料里除了土豆丁,时常放些葫芦丁。在冬天杀猪后,油润鲜香、醇厚味美的肉臊子豆面的悠长余味让人意犹未尽。无论是素汤还是荤汤,长长的豆面条嚼劲十足又不失爽滑,一碗下肚,肠胃舒坦,浑身通透。豆面条作为当时的一种奢侈的食物,点缀了老家人贫寒的生活,而老家人历经岁月的流逝,让这种美食得以传承。

随着时代的进步,在党的惠农政策引领下,老家人的生活发生了翻天覆地的变化。加工粮食的石磨及石碾早已被机器替代,淡出了人们的视线。豆面逐渐成了老家人的寻常吃食,浇豆面的汤料中,无论是荤汤还是素汤,所用的食材都逐渐丰富起来了。现如今,老家人都过着富足丰盈的幸福生活,家家冰箱里都有肉,门前的地里种着各种应季蔬菜,豆面又成为老家人追求饮食均衡、营养健康的调剂吃食。只是,由于村里人口的减少,真正能熟练掌握手擀豆面这一技艺的高手已不多了。

母亲在世的时候,我每次回家,总能吃上母亲的手擀豆面,烟火缭绕的土灶铁锅中,柔韧筋道、鲜香诱人的长豆面萦绕舌尖,韵味悠长。父亲去世后,母亲搬离了村庄,由于身体等因素的限制,再没有擀过豆面。我也时常在市场上买些擀好的豆面吃,但唯有母亲擀的豆面成了我灵魂深处无法抹去的美味。

近几年,豆面从农家餐桌走进了城市的饭馆。国庆回老家,我在县城里和朋友吃了一顿被评为家乡非遗美食的抿豆面,吃着晶莹剔透、爽滑弹牙、口感丰富的抿豆面,不由得想起了母亲和长豆面,想起了过往那些刻骨铭心的日子,想起了故乡的小山村,这就是游子难忘的乡愁吧!

难忘老屋

由于种种原因,近一年未曾回老家。这段时间,父母的音容笑貌以及那落寞沧桑的老窑洞,时常在梦中浮现,醒来后,心中满是无尽的怅然与失落。于是,我决定回去看看。

冬日,在阳光的映照下,远山的轮廓愈发清晰。群山连绵起伏,曲折蜿蜒,虽荒芜萧瑟,却也透露出壮美与雄浑。苍凉的河沟,苍茫的田野,古老的山村,常住人口日益减少,饲养牲畜的人家屈指可数。村庄失去了往昔的热闹喧嚣,显得格外静谧清冷。村里那些斑驳的石墙,坍塌破败的石砌窑洞,刻满了岁月的沧桑,承载着过往的旧事,见证着一代代老家人的人生轨迹与时代的变迁，不禁令人感叹岁月匆匆，繁华不再！

老窑洞因年久失修，去年又遭遇连绵的秋雨，曾经遮风挡雨的墙壁，外层的水泥层几乎脱落干净。漆成金黄色的木制门窗没能抵御风雨的侵蚀，颜色尽失，残破暗淡。窑顶上的烟囱倾倒，荒草丛生。青灰色的窑面石几处接口已有了缝隙，唯有父亲一锤一錾雕刻出的花纹，依旧纹路清晰，坚固如初。父亲是一名石匠，他利用劳动之余，起早贪黑，风里来雨里去，撬石、拉石，硬是碹出了六孔窑洞和六间圈洞。这中间凝聚了父母辛勤持家的汗水，也成了父亲一生的骄傲。然而，当我们真正理解并懂得父母的爱，且有能力回报时，他们却已离我们而去。昔日那充满烟火气的景象也渐渐消散远去。老窑洞，宛如一位面容犹在、精神不再的耄耋老者，默默守望，独自凋零。

窑洞于我，犹如一台时空机，总能将我带入往日的时光。诚如一句话所说：目之所及皆回忆，心之所向皆过往。院子不大，曾经鸡、狗、羊、骡在此出入、觅食、簇拥，鸡鸣、狗吠、羊咩、骡叫，构成了一幅和谐、热闹、祥和的画面。院里曾安放过一口大石磨，那是父亲历经艰险，从对面几十里地的山沟里打制并搬运回来的。在那贫寒困苦的年代，一圈圈转动的石磨中磨出的谷物和豆汁，不仅养育了我们，也给我们带来了精神上的愉悦，同时也转出了岁月的沉重和父母的不易，它一直伴随我们成长，直至后来被搁置。每次看到它，我的内心都五味杂陈，思绪万千。

那时，生活平淡，却其乐融融；日子清苦，但亲情浓浓。春天来临，院子里洒满和煦的阳光，窑洞的压沿石下，总会有勤劳可爱的燕子来此筑巢安家。它们叽叽喳喳，自由穿梭，像人一样，为了生活忙碌不停。夏天的夜晚，我们姊妹常常坐在院里的一排沿台石上吃饭、乘凉，听着周围玉米拔节的咔咔声，把母鸡和它孵出的一群小鸡捉到鸡窝里，欢声笑语不断。到了秋天，窗台上，一摞摞金黄的玉米棒子或者是番瓜、葫芦整齐排列，让烟火气更浓，让日子更有奔头。冬天，大雪覆盖小院，父亲会带我们一起扫雪，帮我们用筛子套麻雀……

　　一方小院，承载了岁月的风霜，蓄满了难忘的乡愁。父母为人友善，乐善好施。窑洞的下面，是早年的旧公路，也是当时唯一的一条大路。那时交通不便，方圆几十里，南来北往的出行人都要聚在这里等班车。到了冬天，常有人来家里避寒，赶上饭点，父母定会让其吃饱再走。常常有夜间赶路迷路的人或者是乞丐，看到我家亮着的油灯，想借宿一晚，父母总是把他们安顿在堂前的炕上，分文不取。

　　窑洞里，哥嫂打下的粮食整齐有序地堆在堂前的炕上和粮仓里。窑皮经不起岁月的侵蚀，变得斑驳不堪。母亲生前用过的瓷缸、盆罐、盘碗等原样摆放着，落满了灰尘。看了一眼父母的遗像，酸涩难过的情绪顿时涌上心头。两只大红躺柜在淡淡的岁月中似乎弥漫着深深的孤独。曾经，柜子里锁着当时认为最值钱的家当——粮票、布票以及母亲积攒下的数匹布料，准备给儿子们娶媳妇用，可最终没有派上用场。记忆中，母亲四十来岁时，父亲做工买回了一块蓝色的府绸布，母亲拿出来放进去好几次，终于让会做衣服的舅舅做了一件褂子，算是对自己奢侈了一回。物以稀为贵，夏天赶交流，买上几斤小果子，母亲会锁进柜子里，等我们拿出来解馋时，满柜子飘香。一件件物件上刻满了旧日的时光，凝聚了岁月的点滴。缕缕念想、层层记忆在脑海中不断涌现。此时，父亲生前用过的皮尺、护目镜、各种尺寸的錾子、火钳等工具静静地躺在柜子里，而我们始终不忍惊扰它们。

　　一年又一年，老屋在风雨中疲惫地守候，它是父母留给我们丰厚的精神财富，尽管炊烟不再、生机全无，但它曾是家的乐园、爱的港湾，是我们放飞梦想、安放灵魂、排解乡愁的所在。它是我们人生的起点，见证了我们的成长，也见证了时代的变迁。

　　老屋，是我心中的一盏明灯，永远吹不灭、抹不掉。

张成亮　政协清水河县委员会工作。

海红映乡情

初秋时节，踏入黄河岸边的老牛湾，一坡坡果林郁郁葱葱，其中最夺人眼球的当属海红果树上悬挂的海红果。那果子红彤彤、圆溜溜、亮晶晶的。饱满红润的海红果挂满枝头，宛如一个个灵动的小精灵，把树枝都压弯了。在阳光的映照下，海红果愈发迷人，美不胜收。

海红果不仅外观诱人，其背后更承载着深厚的文化内涵与动人的故事。据说，海红果名字中的"海"与一位龙女舍身降雨的凄美传说相关，这无疑为其增添了一抹神秘而浪漫的色彩。也正因如此，海红果在当地人心目中有着特殊的地位。

老牛湾镇地处蒙晋交界之处，位于黄河中上游，气候干燥，日照充足，昼夜温差较大，十分适宜种植海红果。早在晚清时期，随着晋、陕人口向外迁徙，海红果被引入这里，老牛湾镇单台子村就有栽种海红果的记载。海红果耐旱、抗寒，病虫害少，产量高，种植三至四年便可结果。

过去的清水河人，生活颇为艰苦。每临初冬，总有老乡赶着毛驴走村串巷叫卖本地特产海红果。这里还流传着这样一个笑话。

问："哪儿的人？"

答："清水河的。"

问："卖啥呢？"

答："海红子。"

问："尝一个。"

答："不行，家里老婆数过了。"

调侃之余，不免心生酸涩，这从侧面反映出当时人们生活的艰难，也体现了人们与自然的抗争。

海红果素有"果中钙王"的美誉，这种红红的果子与一则龙女舍身降雨的凄美故事有关。或许是为了纪念这位美丽的龙女，在清水河，家里有女儿出生时，如同南方在院子中埋下一坛女儿红一样，很多人家会在院子里种下一棵海红树。每逢五六月春夏之交，海红果树绽放出粉红色的花朵，繁花似锦。十月左右，红红的果子挂满枝头，形成火红的一片。

海红果成熟时，若要品尝到真正的美味，必须将其冻透。小时候没有冰箱，大人们把成熟的果子放在柴草堆里，一来冬天温度低，二来柴草堆透气，易于保存。食用时，把冻透的海红果放入冷水中浸泡，让其慢慢解冻。经过低温处理，海红果中影响口感的有机酸被分解，甜度进一步提升。果子绵软可口，果肉液化成汁，冰凉的果肉能降火、补中益气、去燥刮油，四季皆宜。

海红果能制成罐头、晒成果干，也可以做成果丹皮、果脯、果酒、果饮料等，是清水河当地人招待客人的佳品。

2016年，清水河县成功注册"清水河海红果"地理标志证明商标。2019年10月18日，清水河县果丹皮制作技艺传习所在清水河县非遗传习展示馆挂牌成立。

老牛湾镇单台子村是老牛湾镇优质海红果的传统种植地，2021年，该村修建了一座海红果采摘园，将海红果的种植采摘融入观光旅游相关产业，打造出独具特色的海红果种植示范村。如今，老牛湾镇把发展海红果产业与旅游经济紧密结合，依托老牛湾黄河大峡谷旅游区的旅游资源，逐步探索打造集休闲娱乐、民宿餐饮、农事体验于一体的田园综合体，吸引游客前来观光、采摘、乘船。以农促游、以游兴农、农游融合成为乡村旅游的新亮点，为建设美丽乡村注入绿色新动力。

走进老牛湾镇，海红果已然成为当地产业发展和百姓增收的"金宝贝"，它不仅带来了经济效益，更成了这片土地上独特的文化符号，见证着岁月的变迁和人们的勤劳与智慧。相信在未来，海红果将继续绽放光彩，为老牛湾镇的发展注入源源不断的活力。

> **孙虎原** 退休教师。自幼学习刻苦、生活俭朴、做事认真。爱好阅读与写作,作品散见于《内蒙古教育》《老年世界》《内蒙古日报》《呼和浩特日报》等报刊。出版作品集《年轮上的绿叶》。

糕香四溢

"黍"即黍子,是我国最早驯化栽培的作物之一,在甲骨文中已有记载。据河北磁山新石器遗址留存的早期农作物籽实灰化样品定年测试,黍子的种植可追溯至距今10000~8700年。《诗经》中写道:"俾民稼穑,有稷有黍。"

黍子主要生长于华北的干旱、半干旱区域。当下,河北、山西、内蒙古皆有大规模种植。自有人定居清水河以来,黍子在当地粮食作物中一直占据着重要地位,尤其适宜在县境西部低海拔的黏性土壤地带栽培。

故乡的老农讲,黍子是"薄眼皮"作物。它对茬情、耕作、锄耧等要求颇为严苛,稍有照料不周便会

"秋后算账"。黍子喜热,要种植在向阳的地块,底肥要施细碎的羊粪;黍子耐干旱,只要底墒好出苗全,在拔节和抽穗等关键生长期下两三场雨,收成基本就有了保障。这是千百年来它与黄土地结下的深厚情缘。

黍子的果实有黄、白、红、紫等多种颜色,籽粒去壳后呈金黄色,称作"黄米",磨成的面叫黄米面或糕面。传统加工糕面的流程是先将黄米用温水浸泡并淘洗干净,然后上石碾压或者在碓臼里捣。如此一来,面质既饱含水分,又不破坏生物活性,做出来的糕更加筋道紧实、绵软可口、醇香四溢。

蒸糕前,在糕面中少量多次加水,并用双手反复搓揉,这叫擦糕面。接着将呈块垒状的糕面撒到笼屉里,用大火急蒸。蒸熟的毛毛糕提起笼布倒进瓷盆里,手掌蘸上冷水进行摁压、揉杵、拍打,此为搋糕。清水河日照时间长且昼夜温差大,糕的营养价值颇为丰富,含有人体必需的氨基酸、蛋白质、淀粉、脂肪、维生素等。当地有"三十里莜面二十里糕,十里捞饭饿断腰"的说法,着重强调的便是糕的耐饥特性。

糕的吃法众多,最常见的是现蒸的素糕裹着炖肉汤、烩菜汤食用。用筷子夹起软糯的糕团,在碗里滚一滚,让糕的表面沾满汤汁和肉糊,糕的香甜与肉的鲜美相互映衬,然后轻轻送入口中,稍加咀嚼便滑入肚子,令人回味无穷。糕的品质从外观上一眼便能看出,越是金黄、细腻、柔润、光亮,其黏性便越强。处于换牙期的儿童、牙齿松动的老人、镶假牙的食客,在吃糕时不留意,就会把不稳固的牙齿给"拔"下来。

能登上大雅之堂的当属现炸油糕了,从形制上,它可分为单片糕和包馅糕两类。单片糕是把素糕揪成大小适宜的剂子,捏成圆饼的形状,寓意圆圆满满。包馅糕有红糖馅、豆沙馅、土豆丝韭菜馅、土豆丝地皮菜馅等,一般会捏成元宝形状。炸糕是一道关键工序,体现着主人的一番心意。倒半锅当地产的胡麻油,在炉火上加热到泡沫消失似有青烟的程度,用一双长竹筷夹起捏好的糕迅速放进油锅,伴随着"嗞啦啦"的声响,油锅里瞬间翻腾起来,糕的表面立刻布满不规则的泡泡。高温后的胡麻油分子扩散开来,透过门户、窗户飘到院子里、飘到街道上,诱惑着路过的人们。炸好的油糕呈黄棕色,放在瓷盘里撒上白糖,那真是看着诱人、吃着喷香啊!

糕性热,遇冷就会变成硬邦邦的"疙瘩",是无法食用的。然而,在我童年的记忆中,前半拉后碰到紧急情况,恰好家里有一块剩糕,母亲自有办法。往锅里舀少许水,放点儿荤油,切点儿葱花,捏点儿咸盐,把糕切块放进去,加火煮软吃,称作"煮糕"。往锅里倒点儿胡麻油,把糕切成片,加火烫软吃,叫作"炕糕"。把糕放在炒莜麦或煮猪食的灶膛柴火灰烬里烧软后吃,称为"烧糕"……每逢此时,一块剩糕便承担起应急的作用。

不管是谁家,只要迎来具有象征意义的顺心事,举办或大或小的仪式庆典时,油炸糕都会成为餐桌上当之无愧的主角儿。河开二月,老农扛起犁头开启新一年的春耕,为求个吉利,这天要吃糕,称为"出牛糕"。秋天,场上垛的庄稼如小山一般,村里的人互相帮忙突击抢收,主家为了犒劳大家的辛苦要吃糕,称为"打场糕"。经过长时间的备料、垒基础、拱土牛、碹石窑扳碴当天要吃糕,称为"合龙口糕"。主妇生下孩子,经过一个月的调养身体基本恢复,婴儿也一天比一天好看,孩子满月时特意为前来探望的七大姑八大姨准备的糕,称为"满月糕"。恋人情投意合互许终身,双方父母向亲朋好友宣告好消息时要吃糕,称为"订婚糕"。农家养的猪,到大雪纷飞的季节膘满肉肥,请来屠夫宰杀的当天要吃糕,称为"杀猪糕"。逢年过节有贵客临门时吃糕也在情理之中。

唐代著名诗人孟浩然在《过故人庄》里写道:"故人具鸡黍,邀我至田家。"全诗在描绘农家田园生活宁静闲适的同时,点明老朋友准备了

"鸡黍"款待他。这里的"鸡黍",能否理解为"鸡肉炖糕"?我认为可以。

过去,婚丧嫁娶、生日满月等规模较大的事宴,都是在家中操办。午宴前夕的几乎整个上午,不管客人早到还是迟来,都要先吃"衬席糕",一般是流水席,油糕放在热炕头的盆里保温,就着黄豆芽,随到随夹随吃。俗话说"十里不同俗",位于黄河岸边的喇嘛湾一带称衬席糕为"汤糕",不变的依然是吃软油糕,不同的是每人一碗豆腐条粉加托县红辣椒文火慢炖的汤。

家里办宴席,有时要向邻里借锅碗瓢盆之类的炊具、餐具,用完归还时有个讲究,要在某个器具里放两个油糕,以表谢意。

吃糕的故乡,伴着年复一年的四季更迭,演绎出有关"糕软""糕硬"的离奇故事,说来也甚是有趣。

客人到张家吃饭,张嫂在灶前擩好糕,转身到后地倒油准备炸糕的空当,家里养的狗蹿进来叼一口糕就跑。张嫂扭头发现从糕盆至门外有一条"糕绳"在颤动。说时迟,那时快,她操起菜刀就着门槛把"糕绳"砍断。奇迹出现了:"糕绳"的一头如同橡皮筋一样缩回到糕盆里,"糕绳"的另一头也如同橡皮筋一样缩回到狗嘴里。听完,谁能不为张嫂的糕软而喝彩呢!

老羊倌到李家吃饭,李婶用炖猪肉和素糕招待他。席间,李叔用硕大的铜匙给老羊倌铲糕,由于糕硬铲重且用力过猛,铲起的糕块在惯性的作用下飞到窑顶又反弹下来,"扑通"一声跌落在木盘里。老羊倌用筷子夹起那块糕仔细打量,棱角都没倒,便打趣地说:"你可比我用羊铲铲起打羊的土坷垃还顽固……"

人民群众在日常生活中创造了丰富多彩的语言。岁月长河中的清水河,沉淀出许多关于糕的俗语和歇后语,恰当地运用这些简洁、生动、形象的语言，能取得很好的修辞效果。讽刺不自量力地去做不可能完成的事，称作"月子里娃娃啃冻糕"；戏称糊里糊涂把自己的钱财托付给见利忘义的人保管，称作"狗窝里寄油糕"；调侃野外劳动归来的男人食量大，称作"油糕就怕灰脸汉"；夸赞自家孩子能言巧辩又声音好听，称作"软油糕"。

以盛产好糕而自信满满的清水河人，对民歌《夸河套》格外钟情，其中一句"软个溜溜的油糕，胡麻油来炸"，不但唱出了河套地区物产丰富，也唱出了清水河人的热情奔放。婉转的歌声，似当地的软油糕令人魂牵梦绕，无论离开故乡的距离多远、时间多长，这份情思总是难以割舍。

老街老巷老豆腐

老巷沉浮

曾经的清水河县城，从东到西一条街，碎石子铺就的街面上点缀着零零星星的石板块。商号店铺散落在街的两侧，有铁匠、木匠、皮匠等技术生产作坊，有酿酒、榨油、打糕点等食品加工作坊，有棉麻布匹、衣帽鞋袜、锅碗瓢盆等日杂百货商号，有剃头、医药、饮食等服务店铺……错落的砖木泥瓦起脊房，嵌着木制的门窗，台阶是用当地红色砂岩条石垒砌的，已经磨圆了棱角，显得很有历史感。门楣上有的悬挂匾额，有的高挑旗幌。缭绕于屋顶的青烟，诉说着发生在老街巷里的故事。

街的北侧，分布着古城坡、万和厚、姜家沟等几条窄巷。怎样的窄法呢？假如在瓶颈地段遇见一位孕妇，得斜过身子礼让。在这样的窄巷中，不管春夏秋冬、天阴天晴，也不管手头忙闲、情绪好歹，悠长的"豆——腐——"叫卖声会时不时在鸡鸣狗叫的伴奏下钻进耳朵。清晨或黄昏，在弯曲幽深的窄巷里，常常可见油灯陪伴着豆腐挑子，要么由远而近走来，要么由近而远离去。

时间在不知不觉中流转了一个甲子，昔日的老街老巷只留在了记忆之中。

如今，呈现于眼前的是交错环绕的宽阔马路、鳞次栉比的大厦高楼、琳琅满目的商品、波光粼粼的景观河道、流光溢彩的繁华夜景……兴旺发达的同时，传统饮食魅力依旧。无论在普通人家的饭桌上，还是高朋满座的宴席上，软颤软颤的老豆腐始终扮演着极其重要的角色。

黄土馈赠

清朝中后期，大量山西移民越过长城关隘，来到清水河种地经商。段氏一族在300年前从崞县来到清水河，创办了"德胜泉"商号，在永安街开办了面坊、米行、糟坊、豆腐坊等。由于不断改进工艺，段家豆腐的名气越来越大。值得一提的是，段氏经商很开放，在自己赚钱的同时，毫不保留地将手艺传给大家。于是，有小资本的人纷纷效仿，开起了豆腐坊。

清水河地处400毫米等降水量线上，四季分明，海拔落差大，特定的地理环境、土壤结构和气候条件，适宜种植黄豆、黑豆、羊眼睛豆（外观不同，属于一个科属）。每年小满节气前后，村村寨寨的田野上，一对对农夫跟着牛犋缓缓而行，前者扶犁耕地，后者将拌着粪肥的豆种子撒在犁沟里。不多时，豆子出苗，惹人喜爱。在老农的精心劳作下，收获颇丰，而且品质上乘。豆子蛋白质和植物油丰富，而且含有铁、钙和多种维生素等人体所必需的营养成分。

清水河还有酿制豆腐的优质水源。比如说，把这里的豆子拿到别处，再由这里的师傅按自己的工艺程序加工，却很难做出当地豆腐的筋道与紧实感来，说明做豆腐与水有极大的关系。因此，清水河的豆腐久负盛名。

石磨低吟

传统的豆腐坊至少要两孔窑洞的空间。一般外屋安两合石磨。一合稍小的称"干磨"，是剥豆皮的；一合大的称"湿磨"，是磨豆浆的。石磨上绑着毛驴拉磨的杆套，在毛驴脖子上戴一个皮革包裹着棕毛的软套，给它蒙上眼睛，它就迈开四蹄拖着石磨上扇转动起来。

豆子在转动的石磨眼儿里，发出闷雷般的"嗡嗡"声。干透了的豆子经石磨强有力的搓擦，皮壳脱落，用簸箕扬去皮壳，剩下的金灿灿的豆仁儿叫"豆黄"。头一天夜晚，要将豆黄浸泡在瓷缸里，目的是让豆肉软化，饱含水分，这样可以磨出更好的豆浆来。

第二天清晨，毛驴沐着晨风，吹着响鼻，牵引着那盘大水磨逆时针旋转。浸涨了的豆黄连同清水源源不断地从磨盘上的漏斗注入磨眼儿，洁白的豆汁缓缓地从两扇对合的磨缝里溢出，在磨盘下的环形石槽里汇集，经鸭嘴状缺口滴流到磨盘下面的桶内。

硕大的灶台上有一口硕大的铁锅，这是加工豆腐的重要设备。铁锅上方吊一个"井"字形木架，下缀一只细密的尼龙网袋，豆腐师傅用铜舀子把稀释后的豆汁舀进网袋，抓着"井"字形木架摇动，细白似乳汁的豆浆"唰啦啦——唰啦啦——"地漏进锅里，这个过程叫"摇浆"。

过滤完渣滓的豆浆汪洋一锅，炉膛里加火，帮手拉起木风箱。继而，锅内的豆浆在火力的作用下，云卷云舒般翻腾，温度约有110℃。表面结成豆皮，用筷子挑出来晒干就是腐竹。盛一碗煮沸了的豆浆，加上白糖，便是上好的饮品。此时，只见师傅沉着地用长柄铜勺舀上卤水，慢慢搅和到锅里。清水河制豆腐的卤，是把前一天的浆水盛在矮缸里，放在热炕上用木盖盖严发酵成的，称为母卤。用母卤点浆，豆腐的味道正宗。随着师傅用铜勺悠闲地点卤和搅动，液态的豆浆渐渐凝结成糊状、块状的就成了豆腐脑。

做豆腐的最后一道工序，是把一个约6寸宽6寸深的无底无盖木制长框，放在固定的木台上，组成一个敞口的木箱，里面垫上纱布，用长柄大漏勺将煮熟的豆腐脑捞进木箱，把纱布裹紧，上面放比木框略窄的木板，再压上适当的重物。母水就从箱框底部缝隙溢出。大约经过半小时，搬去重物、揭去木板、撤去木框、掀开纱布，墩墩实实、白白嫩嫩的一槽豆腐就制成了。稍一冷却，表层泛出浅黄色的油皮，再用刀子等距离切块，散发出淡淡的清香。

香飘四季

豆腐是大众食品，不论和什么味道、什么颜色的食材搭配烹饪，只会增香不会夺味。正因如此，它的吃法很多，蒸、煎、炒、烤、炖，无所不能。

白吃。趁豆腐制成还热着的时候，割一块放在嘴里吃，颇有素雅、清淡、原汁原味的口感。这里的"白"既不是指颜色，也不是指付没付钱，而是不加任何佐料的意思。

凉拌。豆腐是素食菜谱中的主角儿，被誉为"植物肉"。把豆腐切小

块或直接用筷子拨弄成碎屑,加入葱花、精盐、胡油、蒜蓉酱等佐料,便是可口的下饭下酒菜,常见的有小葱拌豆腐、松花蛋拌豆腐等。一次午后去同学家,他正和好友坐在炕上饮酒。桌上孤零零一个盘子里一大块豆腐被筷子挑得伤痕累累,像狗啃过的冻馍一样,丝毫看不出有什么特别的调料,只有盘底残留着一层酱油。这是我见过的最邋遢的吃豆腐的方法。

大烩菜。清水河的大烩菜很有吃头,五花肉切成厚片,上锅煸出一半的脂肪油,放入蒜块、葱段、姜片、酱油、精盐等,中火煮至半熟,再放入豆腐、土豆、粉条、圆菜(或豆角、南瓜、青椒、干豆角、腌酸菜),中火咕嘟到汤汁仅留少许后出锅。大烩菜是吃馒头、米饭、素糕等最好的辅食。

红烧肉炖豆腐。选肥瘦皆宜的猪肉,切方块或三角体,红烧后加入豆腐,文火慢炖,让肉和所有调料的味道进入豆腐深层。盛在盘子里颜色绛红,香气扑鼻。轻轻咬开豆腐,内里仍然细白如初,但肉香浓烈,唇齿留香。这是地道的招待宾客的家乡菜肴。吃羊肉馅饺子,再来一盘红烧肉炖豆腐,相得益彰。

炒豆腐。把豆腐切成小薄片,分别与肉类、蔬菜等加适合的调料混炒,如肉炒豆腐、番茄炒豆腐、农家小炒豆腐、鸡蛋炒豆腐、腊肉炒豆腐,等等。

油煎虎皮豆腐。把豆腐切成稍长的厚片,均匀地裹上鸡蛋糊,然后放进热油锅,煎至表面发皱的金黄色时盛在盘子里。锅里留少许底油,放入青红椒片、黑木耳、蒜片和适量的精盐、酱油、白糖爆香,再把煎好的豆腐倒入锅中炒热,加入淀粉糊收汁后出锅,撒上葱丝。油煎虎皮豆腐称得上是一道名菜。

火锅豆腐。好友或家人围着木炭铜火锅欢聚,当涮过嫩羊肉、肥牛肉、鲜鱼肉之后,满嘴油腻。此时下几片豆腐煮透,用筷子夹起蘸上碗中的汤料滑溜溜地送入口中，别有一番风味。大伙儿边吃边聊着关于豆腐的故事，美味极了，也温馨极了。

乡情绵延

儿时家里来了客人或过节，听到村街上传来"豆——腐——"的叫卖声，大人就会盛两碗豆子让我去兑换。一块四四方方、白白净净的豆腐用笼布兜着提在手里，很有诱惑力。

小规模的豆腐作坊多是夫妻店。豆腐做好后，男的挑起豆腐担子，赶早沿街叫卖。女的一边收拾作坊，一边照料生意。挑着豆腐叫卖的不论男女，从头到脚很是利索。扁担两头系两个长方形木盘，里边平摆着豆腐块，用纱布苫盖，等待顾客的空隙，便选一块干净的地方搁下木盘，把扁担横在什么物体上当凳子坐。

后来，豆腐挑子不用了，老板把盛豆腐的塑料筐绑在自行车或摩托车后架上，走街串巷快了许多，还时不时把自己的名片递到顾客手中。谁家需要豆腐就打个电话，豆腐商会送货上门。再后来，居住条件发生了显著变化，家家户户都有了冰箱，流动卖豆腐的人逐渐消失了，以豆子换豆腐的原始交易方式也退出了历史舞台。现如今，豆腐走进了大大小小的便民超市，顾客买豆腐嫌数钞票烦琐，于是出现了手机扫码的付费方式。

清水河的豆腐"腿"很长。亲戚朋友以及客人驾车路过，总要买上几块带回去。有儿女或父母在呼和浩特、包头、鄂尔多斯、乌兰察布以及其他周边县市居住的，时常会通过长途汽车将豆腐捎过去。几家大的豆腐作坊把豆腐成批运到首府销售。

现在，生产力得到很大发展，磨豆腐早已改用机器，磨浆过渣可以一次性完成。炭火退居为辅助用火，主要热源靠蒸汽锅炉供给……这些先

进技术，不但减轻了劳动强度，而且提高了生产效率。然而，在尽享城市现代化和快节奏后，人们又觉得石磨的豆浆细腻，炭火煮的豆腐老道。清水河人是聪明又勤劳的，瞅准这一商机，石磨火锅豆腐又有回归作坊的趋势。

我对故乡有所恋，恋故乡的老街老巷，这种不能割舍的情愫寄托在老豆腐里面。因而不管走到天南海北，也不管什么季节、什么场合，如果由着我点菜，是不能少了豆腐的。

李 洁 企业工程师。清水河县作家协会会员。撰写了大量介绍家乡风土人情及饮食文化的散文作品,发表于报刊及网络平台。

炖羊肉暖透漫长岁月

有句老话道:"一方水土养一方人。"依《本草纲目》所述,各类肉食中,猪肉气苦、微寒,有小毒;羊肉味甘、性大热,无毒;黄牛肉气味甘、温,无毒。因羊肉属大热之物,过去北京人讲究冬天食用,像涮锅,仅立秋之后应市,立春过后便难寻踪迹。此乃遵从孔老夫子"不时不食"的教诲。然而,我们内蒙古人,一年四季羊肉从不间断,哪怕在最为炎热的伏天,羊肉也不会缺席。

2017年,于一次珠宝玉石展会中,我结识了一位云南的首饰经销商,并相互添加了微信。这位云南女子常年在全国各地及东南亚各国穿梭,每年会来呼和浩特两次。记得有一次她来呼和浩特发朋友圈写道："这世上除了内蒙古，也许唯有天堂才能品尝到如此美味的羊肉吧！"看到这句话，我不禁深受感动，回复道："非常感激您如此喜爱我们内蒙古的羊肉美食，您往后再来一定知会一声，姐每次都请您吃羊肉！"

说起我们内蒙古的羊肉，炖、焖、煮、烤、涮、炒、煎，无所不能。不过，我最为钟爱的，是清水河的炖羊肉。靠近黄河边的饮食总有其独特之处，清水河炖羊肉，大铁锅咕嘟冒泡，每次或是半只羊，或是一整条羊腿切成大块，炭火缓缓炖煮两三个小时，尚未出锅，肉香便已满家满院弥漫开来。

有一回，几位同学来清水河游玩，我在饭店预订了午餐，因同学们路上有事耽搁了，饭店老板来电话说若我们一再推迟午饭时间，厨师下班了就无法安排饭菜了。我与饭店老板协商无果，心急如焚。丈夫宽慰道："无妨，饭店无法等待就算了，午饭我来操办，保证你满意。"他即刻出去买了半只现杀羊，回来用大铁锅炖煮，我又蒸了两碗清水河糕面的素糕。待同学们抵达时已近下午两点，他们一路奔波，早已饥肠辘辘。刚出锅的一大盆炖羊肉端上桌，搭配又黄又筋又软的素糕蘸羊肉汤，大家吃得畅快淋漓，纷纷对清水河炖羊肉和我的厨艺称赞有加。其实，清水河炖羊肉并不难，大块新鲜羊肉入锅，一次性加足水，调料极为简单，仅几根大葱、一块姜、一把盐。或许这极致的简约与原汁原味，正是清水河炖羊肉美味的秘诀所在。

于我而言，清水河炖羊肉早已超越了饮食本身的意义。多年的生活习惯，羊肉逐渐成为清水河人日常维系感情的纽带。中秋节是我国传统的团圆佳节，而在清水河，中元节亦是家人团聚吃羊肉的日子。这两个节日，出嫁的闺女都会提前给父母买回羊腿。看望长辈，羊腿也是必备礼物之一。

同事好友相聚，一锅炖羊肉，品尝的是彼此朝夕相伴的深情厚谊；远方亲朋到访，一锅炖羊肉，感受的是相逢相聚的美好温馨；在外求学或工作的子女归来，一锅炖羊肉，享受的是骨肉团聚的喜悦和幸福。婚丧嫁娶、满月生日或乔迁之喜，炖羊肉皆是必上的主菜。清水河炖羊肉，传承着清水河人的情感和对美好生活的憧憬，是本地人隔三岔五就惦念的美食，也是外地游子对故乡难以割舍的一份乡愁。

舌尖上的酸香

酸米饭是清水河的家常美食,也是内蒙古西部及山西、陕西黄河沿岸地区的传统佳肴。其做法多样,有酸米饭、酸焖粥、酸稀粥等,可选用大米、糜米、小米等食材,不过,最为常见的当属糜米。做酸米饭时舀出的米汤是我的最爱,既可以泡酸米饭吃,也能够加糖饮用,酸甜可口,令人回味无穷。

过去,黄河沿岸的农村,家家锅头都放置着发酵酸米饭的罐子。每年春夏之交开始,酸米饭成为每日的必备主食,有的人家甚至一年四季都离不开它。夏季农忙之时,吃了酸饭再顶着烈日劳作,不会口渴,也不易上火。劳作一天,身体疲乏燥热,一进家门痛饮几勺酸米汤，浑身顿觉清凉舒爽。当地有句俗语："早上酸粥中午糕，晚上焖饭上油炒。"吃酸米饭时，有人喜爱抹上红辣椒油，酸辣滋味十足，色香味俱佳，当地人诙谐地说："辣椒抹粥，越吃越兜（兜：方言"好"的意思）。"

关于酸米饭的起源，听老人们讲述，与老牛湾有着莫大的关联。传说太上老君驾神牛犁河，埋头苦干至深夜，神牛抬头瞬间被对面明灯山照射，受到惊吓，拖着扶犁的太上老君拐了个弯，于是便有了黄河老牛湾。神牛自责将河道犁歪，为弥补过失，把大白糜子这种珍贵的农作物种子留给了当地百姓。老牛湾虽平整的土地不多，但气候温暖湿润，特别适宜大白糜子生长。这种大白糜子与其他糜子相比，色泽更为鲜黄，米质软劲。但大白糜子生长期长，在清水河的其他地方种植往往难获好收成。多年前的一个秋季，老牛湾的糜子大获丰收，一位精明的船老大在周边村落收购了满满一大船的糜米，准备运往包头卖个好价钱。糜米在老牛湾古渡口装船起锚后，不巧遭遇连绵秋雨，船上的糜米被淋湿了。抵达包头后，船主指挥船夫们赶忙将糜米搬出晾晒，这时，船主闻到大船里的糜米散发出了酸味，原来糜米经雨水浸泡已然发酵。船主心疼发酵的糜米无法售卖换钱，便取了糜米做了几大锅米饭，施舍给码头的苦力和周边的穷人。饭做好后米粒光亮筋滑，酸甜爽口，人们食用后回味无穷，口口相传这位船老大厚道仁义，酸米饭由此诞生。

老牛湾水门村的老孔是我们夫妻多年的老友，他在村里的生活称得上富裕，不过，年近七旬的老孔一日三餐依旧离不开自己种植的五谷杂粮。他每隔一年就种十来亩大白糜子，知晓我喜爱酸米饭，每年糜子收获时都会给我送来半袋子。老孔性格开朗、幽默，每次送来糜子时都会自信地说："全老牛湾就数我种的大白糜子好。"我小叔子住在老牛湾红台子村，和老孔相距不远，也是朋友。每年小叔子也会给我送来自己种的糜子，每次都会跟我调侃老孔一番："我五十多岁了，在红台子种了五十年地，在娘胎里就跟着种糜子、锄糜子、收割糜子。我这糜子，比老孔种得好。"

清水河西部靠近黄河岸边的地区盛行唱山曲儿，歌词都是即兴创编演唱。流传下来的情歌中对酸米饭的描绘屡见不鲜："小妹妹住在黄河畔，一爱就爱上搬船汉。想哥哥想成个糊涂蛋，一翻身抱住个酸米罐。""想哥哥想得胳膊软，俺等你来吃酸米饭。""大白糜子焖酸饭，咱二人相好隔不断。"

酸米饭，作为老牛湾的招牌主食，与老牛湾的美景一道被各地游人认可与喜爱。有一年，我的师傅带包头市北方重工的一行人来到老牛湾，中午用餐时，一桌人吃了好几大盘酸米饭，并喝光了七盆酸米汤，以至于老板都记住了这场景。每当我去他家吃饭，他总是笑着说："什么时候你师傅再过来，提前打电话，我多熬上几锅酸米汤。"倘若你来老牛湾品尝一顿地道的黄河鱼，却不来一碗酸米饭，那着实是缺了点什么。

荞面圪团儿羊肉汤

在黄河岸边,岁月的辙印里深深嵌入了一种独特的味道,那便是荞面圪团儿。它不只是一道家常面食,更像是一位缄默的老友,静静诉说着这片土地上的生活、历史与情感。

冬日的村庄,静谧而祥和。农人们结束了一年的辛勤劳作,杀猪宰羊,在闲下来的时光里,精心烹制那些烦琐又饱含深情的美食,荞面圪团儿便是其中之一。荞麦,这古老的作物,千百年来,在劳动人民的巧思下,幻化成了花样繁多的美味,而荞面圪团儿无疑是其中的佼佼者。它在外形与口感上很讲究,使其在荞面美食中独树一帜。

传说，宋仁宗赵祯对荞面圪团儿青睐有加。这位宽仁恭俭的帝王，吃腻了精细的宫廷美食，偶然间尝到厨师用羊肉和土豆切丁熬汤，搭配小巧圆润的荞面圪团儿，竟赞不绝口，从此，这道民间美食便在宫廷中有了一席之地。这段故事，为荞面圪团儿添了一抹神秘的色彩，让人不禁遥想当年，那一碗热气腾腾的荞面圪团儿，是如何慰藉了帝王的味蕾。

制作荞面圪团儿是一场充满仪式感的劳作。荞面本是粗粮，为了追求更细腻的口感，人们会在和面时加入少量小麦粉。和面时，要先打成大絮状，将面和硬，再逐渐加水，直至揉成光滑、软硬适中的面团，追求"盆光、面光、手光"的境界，每一次揉搓，都饱含着对美食的敬畏与热爱。把和好的荞面搓成拇指粗的长条，右手揪面，在左手掌心一推，一个椭圆小窝状的圪团儿便诞生了，老一辈人称为"推圪团儿"。巧手主妇们推出的圪团儿大小均匀、形状一致，摆放整齐，宛如一件件精美的艺术品，光是看着，就让人心生欢喜。

荞面喜油，猪肉臊子和羊肉臊子是绝佳搭配，而本地人尤爱搭配土豆丁。煮熟的荞面圪团儿，肉丁藏进卷曲的缝隙，汤汁渗透其中，咬上一口，肉香四溢。若是再佐以托县辣椒，那便是舌尖上的一场狂欢，热辣与鲜香交织，将荞面圪团儿的美味推向高潮。

在黄河岸边的农村，荞面圪团儿还承载着一份特殊的情感。新媳妇入门的第一顿饭，常常是荞面圪团儿。灶间，新媳妇忙碌的身影在烟火中若隐若现，手指翻飞间，一个个圆乎乎的圪团儿便成形了。羊肉与土豆在锅中翻滚，香味弥漫整间屋子。将煮熟的圪团儿盛在大海碗里，浇上两大勺羊肉汤，撒上葱花和香菜，再添一抹红亮的托县辣椒，热气腾腾中，是生活最本真的模样。新郎吃得酣畅淋漓，新娘眉眼间的嗔怪与关切，是爱情最朴素的注脚。

"荞面圪团儿羊肉汤，死死活活相跟上。"这首古老的民歌，不知传唱了多少岁月，分不清是在赞叹美食的搭配，还是在讲述爱情的誓言。在这片土地上，荞面圪团儿早已超越了食物的范畴，它是历史的传承，是生活的慰藉，是爱情的见证，在烟火缭绕中，温暖着一代又一代人，成为人们心中永不褪色的美好记忆。

骡驮轿娶亲的幸福回响

暮春的一个上午,阳光毫无保留地倾洒着,将老牛湾装点得明媚而温暖。天空蓝得纯粹,像是被清水反复洗过,没有一丝杂质。黄河水在蓝天的映照下愈发碧绿,宛如一条温润的碧玉带,蜿蜒环绕着老牛湾。湿润的空气裹挟着黄河独有的气息,在错落有致的窑洞间悠悠弥漫,仿佛在诉说着古老的故事。

蜿蜒曲折的村道上,一抹鲜艳的色彩缓缓映入眼帘。一顶披红挂彩、装饰得极为华丽的骡驮轿,正悠悠地走来。朱红色的轿子,漆面虽有些斑驳,却透着岁月沉淀的温润光泽,宛如一位饱经沧桑却依旧优雅的老者，静静诉说着往昔的故事。轿门一侧，一条肥大的羊前腿悬挂着，鲜嫩的色泽透着质朴的喜庆；另一侧，两个空酒瓶内绑着一对大葱，随着轿子的颠簸，有节奏地晃来晃去，葱绿的颜色在阳光下格外惹眼。

两头驮轿的骡子身姿矫健，高大挺拔。它们头戴鲜艳的红缨，颈系清脆的铜铃，每迈出一步，铜铃便发出清脆的声响。四位轿夫身着宽松的月白色中式裤褂，腰间系着大红色绸缎腰带，头上扎着崭新的白羊肚子手巾，精神抖擞。他们双手稳稳地扶着轿杠，紧紧跟在轿子两侧。此时，欢快的唢呐声响起，那激昂的曲调仿佛有生命一般，在空中肆意流淌。轿夫们伴着这节奏，嘴里轻轻哼着欢快的调子，声音飘散在空气中，与黄河的浪涛声交织在一起，奏响了一曲质朴而动人的乐章。

轿子的前后左右，是一支整齐的唢呐队伍，他们鼓足腮帮子，吹奏出热闹的旋律。还有那些提着大包小包的娶三送四的贵宾，他们脸上洋溢着喜悦的笑容，为这场婚礼增添了不少喜庆氛围。八位穿着长袍的伴郎，在拥挤的人群中被冲撞得有些手忙脚乱，却依旧满脸笑意。轿子左前方，新郎骑着一匹高头大马，气宇轩昂。他身着华丽的长衫马褂，身姿挺拔，英气逼人。他不时微微侧过身，眼神温柔地望向轿中的新娘，那目光中满是深情与期待。

这一幕，宛如一幅穿越时空的绝美画卷，被稳稳地定格在老牛湾这个古老村落的街道上。这并非某个影视剧的拍摄现场，而是老牛湾村民李大愣儿子的婚礼现场。迎亲的婚车从县城一路行驶到老牛湾村口，便换成了这顶独具特色的骡驮轿。迎亲队伍一路吹吹打打、热热闹闹地朝着李大愣家前行，引得整个村子都沉浸在喜悦之中。

微风轻拂，带着丝丝暖意，轻轻掀起了轿帘的一角，露出新娘精致的绣花鞋。鞋尖上坠着小巧的银铃，随着骡子的步伐轻轻晃动，发出清脆的声响，仿佛在低声诉说着新娘的娇羞与期待。轿中的新娘，端坐在那里，双手交叠在膝上,盖着鲜艳的红盖头。对于这位习惯了城市生活、坐惯了轿车的姑娘来说,第一次坐上这以骡子为动力的轿子,心里难免有些紧张与不安。但当她轻轻侧头,与新郎深情对视的那一刻,心中所有的忐忑瞬间烟消云散,取而代之的是满满的幸福与安心。

路旁的石墙下,几位老人静静地蹲坐着,他们眯着眼睛,望着渐渐走近的骡驮轿,脸上满是感慨。"有些年头没见过骡驮轿娶亲了,大愣这小子就是有本事。"一位老人忍不住开口说道,声音里透着兴奋与怀念。

曾几何时,在山路崎岖的老牛湾,新娘子出嫁若能有一顶骡驮轿,那可是无比风光和荣耀的事情。在那个年代,骡驮轿就如同现代的豪华婚车,备受人们的青睐。男方长辈往往需要提前几个月就去养骡驮轿的人家订好日子,郑重地留下定金,满心期待着婚礼的到来。

然而,随着时代的飞速发展,县城及乡镇的交通日益便利,经济水平不断提高,小轿车逐渐走进了人们的生活,成为日常出行的主要交通工具。娶亲时,豪华轿车成了新的宠儿,骡驮轿则慢慢淡出了人们的视野,这一消失,便是三十多年。

但在黄河岸边的老牛湾,骡驮轿始终深深扎根在人们记忆深处,成为一种难以割舍的情怀。如今,它被黄河边的老手艺人重新发掘出来,再次出现在人们的生活中,并且深受年轻人的喜爱。

骡驮轿,承载着岁月的厚重,见证了老牛湾的变迁,更承载着人们心底那份对传统的眷恋和难以割舍的情怀。如今,它摇摇晃晃地归来,清脆的骡铃、嘹亮的唢呐,是黄河文化的传承与创新。在现代婚礼中,骡驮轿不仅增添了一份独特的仪式感,更赋予了爱情一抹坚守和庄重的色彩,让这份美好的情感在传统与现代的交融中绽放出更加绚烂的光芒。

> **牛何如** 呼和浩特市清水河县人，热爱生活，时有作品见于网络平台。

醉人的酸米饭

作为土生土长的清水河人，无论你是守家在地还是漂泊异乡，夏日，酷暑难耐，随随便便一户人家的餐桌上，总能看到一道美食——酸米饭。

同许多美食一样，酸米饭能够流传到今天，赢得了群众的口碑，经得起历史的选择，说明它有永恒的魅力。清水河的酸米饭，酸得醇厚，酸得浓郁，化解了多少游子的乡愁，温暖了无数思乡人的心扉，使饥者饱而不撑，让渴者开怀畅饮。

据史料记载，清水河的酸米饭和山西省河曲县的酸米饭是一脉相承的。河曲人吃酸米饭始于北宋，那时辽兵常常侵犯，老百姓为避兵祸逃入深山，刚泡好的米被

丢下了，几天后回来舍不得丢掉就凑合着煮粥吃，结果发现味如酸奶，酸中带甜，回味悠长。于是，酸米饭的这种吃法就被人们慢慢认可了。经过不断摸索、不断改良，优化制作流程，创新制作工艺，子孙相延，成为我们今天餐桌上的美味。

随着"走西口"的人们的脚步，酸米饭逐步传播到黄河两岸，如晋西北地区的河曲、偏关、保德，陕西榆林一带，内蒙古的包头、鄂尔多斯、乌兰察布等地。

做酸米饭的原料，无论是糜米还是小米，都是喜光照耐旱的作物，几乎见苗就有收成。据科学家测定，糜米含有粗蛋白、糖、磷、钙等十八种氨基酸，在禾谷类作物中含粗蛋白最高。在我的身边，有好多人，一到夏天，不慕任何美食，每天以酸饭为伴，早上酸稀饭，中午酸捞饭，晚上酸焖饭，干起活儿来乐此不疲。

酸米饭的做法大同小异，糜米和小米是做酸米的主要原料，用糜米做成的叫酸捞饭或酸焖饭，用小米做成的稠的叫酸焖粥，稀的叫酸稀粥。近几年，人们在糜米和小米之外，又加入了少量的大米或玉米碴，使粥变得更加悦目，吃起来更加筋道，味道更加甜美。

我对"带蛋酸米饭"情有独钟。锅里盛足够量的水，等水烧开后，土豆切成大拇指粗的条放入开水中，待土豆快熟时倒入浆好的酸米，那效果简直没的说，土豆因酸米皮筋里沙，酸米因土豆的加持，入口更加绵甜，味道更加浓郁。

浆米是个技术活儿，浆米的过程其实就是米发酵的过程，如同起面和腌酸菜发酵的过程一样。我的理解，浆米需要温度，妈妈说放在锅脖子正好；我的理解，浆米需要干净，妈妈说浆米不能见油，正如邋遢人腌的菜好吃；我的理解，浆和米是两回事，妈妈说浆离不开米，浆离开了米就会气死；我的理解，浆米是一个自然的过程，妈妈说浆米随人性。细一想，大姐是急性子，一天吃两顿酸饭，早上浆上糜米中午吃酸捞饭，中午再浆上谷米晚上还不误喝一顿酸稀粥；二姐是慢性子，一天吃一顿，但那是贼辣辣的酸，放上白糖才可以缓解。

中国是一个充满人情味的国度，而清水河更是一个饱含热情的县城，常常使人流连忘返。客人来了有好酒，酒不醉人人自醉，架不住主人的热情好客，经不起醇香美酒的诱惑，不知不觉微醺带醉。次日，浓睡不消残酒，大家又聚在一起，异口同声地点一盆酸米饭，最好是刚出锅的，互不推辞，没有谦让，人手一份。刚出锅的酸米饭香气扑鼻，越嚼越劲道，米少汤多，连吃带喝，三碗下肚，周身舒畅，酒意全消，神清气爽，精神百倍，异口同声地说："中午，再少喝点儿……"

说起酸米饭，有一件事令我的内心很震撼。我到北京去拜访一位清水河籍名人，他勤学好研，兢兢业业，学风严谨，现已成为我国某行业权威，是清水河人的骄傲。在见面礼的问题上我是动了脑筋的，经过反复思量，我最后想到了酸米饭。当我带着半成品酸米时，殊不知他白发苍苍的老母亲在北京的家中也给他浆着酸米。这一幕，深深印在我的脑海中，使我终生难忘。

曾经因为工作的原因，我有幸同广州的同仁们一道合作，在入户检查时，三位广州的同仁对酸米饭产生了浓厚的兴趣，对浆米的罐罐也充满了好奇。我顺便给他们当了一回不太称职的导游，他们脸上露出了灿烂的微笑。因为对方工作有纪律，我请他们品尝酸米饭的承诺落空了，令我内疚了很长一段时间。

酸米饭，清水河的灵魂美食！

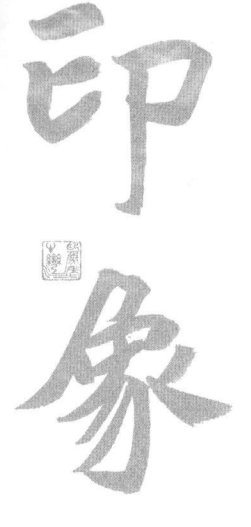

高 锦 中共党员,大专学历,现已退休。呼和浩特市作家协会会员,清水河县作家协会会员。在过去的40多年里,一直热衷于新闻、文学和曲艺创作,多次获奖。

黄河畔米醋香千年

在黄河蜿蜒而过的清水河县,有一个叫窑沟的地方,在那里,风里都藏着岁月沉淀的味道。那日,我踏上这片土地,便被一场关于醋的对话吸引了。

"咦,你是咋啦,龇牙咧嘴的,还闭着眼睛?"

"我喝了一口米醋,酸得我从头酸到脚,但酸中有股香味。"

这简单的对白,像一把钥匙,开启了我对窑沟米醋的探寻之旅。

清水河县,地处内蒙古高原和黄土高原的交界地带,独特的地理风貌孕育出别样的物产。这里的坡梁旱地,是典型的旱作雨养农业区,也是窑沟米醋最本真的源头。当地的小香米，在这片土地上汲取着阳光雨露，茁壮成长，为酿造米醋提供了最优质的原料。

沿着历史的脉络回溯，清水河县沿黄河、长城边上的窑沟、老牛湾等乡镇，民间酿醋的传统已绵延千年。岁月更迭，这份古老的技艺却从未失传。直至今日，当地人依旧秉持着传统手工工艺，坚守着那份对酿造的执着与热爱。

走进窑沟，家家户户都弥漫着米醋的香气。这香气，是生活的烟火气，也是游子心中的乡愁。窑沟人每餐必食醋，醋不仅是餐桌上提味的关键，更是融入血脉的眷恋。每年，他们都会精心酿制几百斤甚至几千斤米醋，这些米醋一部分留作自家食用，一部分馈赠亲友，还有一部分用来出售，补贴家用。对于窑沟人来说，米醋不只是一种调味品，它承载着这片土地的记忆，凝聚着他们对家乡深深的热爱。

张飞，这位从小跟随父亲学习米醋制作工艺的传承者，深谙每一道工序的精髓。他坚持古法制醋，拒绝任何工业元素掺杂其中，只为让更多人品尝到最纯正的窑沟米醋。他的醋厂，是传统与现代的交融，古老的技法在这里焕发出新的生机。凭借着品质至上的经营理念，窑沟米醋走出了大山，走向全国各地，成为清水河人民的骄傲，被收录到"中国质量万里行"代表产品名录中。

窑沟米醋的酿造，是一场与时间的浪漫约会。蒸熟拌曲时，糯米在水中静静浸渍，冬春与夏秋的时间交替，如同大自然谱写的乐章。蒸熟的米粒膨胀发亮，散发着诱人的米香，拌入酒曲后，米粒便开启了奇妙的发酵之旅。入坛发酵，小小的瓷坛成了孕育美味的温床，冬春保温，夏秋散热，在适宜的温度下，曲中的微生物逐渐活跃，醋香慢慢飘散，那是生命在坛中悄然绽放的芬芳。加水醋化、成品着色，每一道工序都饱含着匠人的心血与智慧，最终成就了这酸味纯正、香味浓郁的窑沟米醋。

如今，随着健康理念的深化，纯粮发酵的窑沟米醋愈发受到青睐。它是酿造醋中的杰出代表，不仅口感醇厚，还富含多种营养成分，对人体大有裨益。在窑沟，米醋不仅是生活的必需品，也是文化的传承，它连接着过去与未来，诉说着这片土地上的故事，让每一位品尝过它的人，都深深沉醉在这份舌尖上的岁月诗篇里。

张俊清 爱好写作、绘画和手工艺品制作，呼和浩特市作家协会会员，清水河县作家协会会员，昭君诗社会员，呼和浩特市长城科普学会副秘书长。作品散见于各类网络平台。

家乡山茶香

我的家乡清水河美不胜收，这里山峦高耸，沟壑幽深，洼地众多。坡大沟深的土地人多退耕还林，仅留存部分易于耕作的土地供春种秋收。然而，当我瞧见姑姑家那不足三分地的葱郁山茶苗时，思绪不禁飘回到往昔，那时野山茶曾遍布山坡。

小时候，我们都是饮着山茶水长大的。那时山上尚无高大树木遮阴，亦未形成大片森林，唯有那些不知名的山花与野蒿子铺满山坡。每年四月底，父亲前往大鹰山半山腰采下一捆山茶。父亲将山茶背回院里，晾晒一下午，抖干净泥土，再用铡草刀铡碎，洗净后拌上烧酒、红糖，上锅蒸半个多小时。出锅后放进柳条编的大筛子里于通风处阴干（切不可太阳暴晒），而后存于玻璃瓶中或装入布袋中，一年四季皆可享用。那时，人们只知山茶水美味解渴，却不晓得其还能下火、消炎、利尿。

山茶水呈金黄色，香气四溢，令人心醉。每逢过年，家家户户皆饮此茶。如今，许多人钟情于生的山茶水，但我觉得蒸熟的更好喝。山茶一年可收两茬，四月一茬，六月一茬。一分茶地的收入与一亩粮食作物的收入相差无几，经济收益颇为可观。

老家的土壤与气候极适宜种植山茶，山茶耐干旱，第一年栽苗需浇水，成活后每年依靠天然雨水便可收获。它还是宿根作物，三年以上的山茶根能入药，具有药用价值。

以前我在工艺品店售卖老家的山茶，外地人很是喜爱。有人购买后赠送亲朋。去年，我又从老家购置了一大麻袋山茶，包装成小袋，打印好说明，销量很好。有一女子进店便说："我要山茶，你那山茶真好，我感冒嗓子疼，喝了一天便好了，再给我来两袋。"我家楼上的邻居亦言："我媳妇就爱喝这山茶。"

得知顾客们对老家山茶的喜爱，我心中满是欢喜。倘若县领导能出谋划策，让百姓们多种些山茶，开办一个种产销一体化产业园，既能为百姓增添收入，又能福泽子孙后代，岂不是美事一桩？

老家的北堡乡、韭菜庄乡、盆底青乡皆有野生山茶，村民们称其为山茶，亦叫黄金茶，因其冲泡后茶水呈金黄色而得名。

家乡山清水秀，我们这儿的山茶虽不及福建省的铁观音、白茶、大红袍、金骏眉等闻名，也没有云南省的普洱茶历史悠久，亦不如湖北省的毛尖诱人，但在父老乡亲们的口中，那便是最棒的茶水，无可比拟。能品尝到地道的金色山茶水，实乃最美的享受。在不远的将来，家乡的土地上若有大片绿油油的山茶摇曳生姿，岂不是更具诗情画意？

> **云春梅** 笔名曦玥,清水河县作家协会会员。自2019年起,在清河创客发表二十余首诗歌。多次获得清水河县文化艺术成果长城奖。

地皮菜的记忆

在清水河的日子,如同翻开了一本充满新奇的乡土之书,每一页都写满了独特的故事,而地皮菜,便是其中最特别的一篇。

初闻地皮菜,是玉玉向我发出的邀请。那时的我,满心好奇,脑海中对这陌生的地皮菜展开了无尽的想象。在我的认知里,菜是商店中那些熟悉的模样,如白菜的憨厚、芹菜的挺拔,却未曾想还有一种像木耳般神秘的地皮菜。当得知要等下雨后才能去捡时,我对它的好奇心愈发浓烈,像是等待一个神秘礼物的揭晓,怀着满心的期待耐心地等候。

终于,在一个黎明,那阵雷声如同开启宝藏的钥匙，雨如使者般降临。雨后的空气清新得如同被洗净的水晶，我们带着塑料袋，满心欢喜地出发了。沿着那"之"字形的盘山小路向上，每一步都像是在靠近一个神秘的世界。到达山顶的那一刻，一幅生机勃勃的画卷在眼前展开。

脚下是参差不齐的绿植，不知名的草儿肆意生长，编织出一块毛茸茸的绿毯。俯瞰山下，平日里熟悉的县城呈现出别样的风貌，楼房、车辆、街道和行人都变得那样渺小，像是精致的玩具模型。县城坐落在山坳之中，被群山温柔地环抱。而那些用"n"字形石头盖起的窑洞，更是引人注目。它们依山而建，挨挨挤挤，宛如蜂巢一般，错落有致。这是劳动人民智慧的结晶，就地取材的石头在岁月中变成了遮风挡雨的住所，见证着一代代人的悲欢离合，承载着这里的人间烟火。远处，清水河的山连绵起伏，绿浪翻滚，一层接着一层，像是没有尽头的画卷。我试图数清这山峦的重数，可目光所及之处，山的曲线依然在天边延展，仿佛大地与天空相连的纽带。

就在我沉醉于这山川美景之时，玉玉的惊呼声把我拉回了寻找地皮菜的奇妙之旅。在那片低矮的草丛中，我看到了它们——三片墨绿的薄片半卷着，宛如大自然精心雕琢的翡翠。我小心翼翼地捏起一片，那柔柔的、软软的触感，仿佛在指尖颤动，充满了生命的弹性。我试着将它展开，一张晶莹剔透的绿膜出现在阳光下，那是一种无法言喻的美丽，如同大自然的馈赠，珍贵而奇妙。原来，这就是地皮菜。

我们像是在寻找散落在人间的珍宝。它是那样的调皮，有时藏在绿植的叶片之下，像是与我们捉迷藏；有时生长在碎石林中，与石头为伴；有时又出现在岩石的夹缝里，顽强地展现着生命的力量。不一会儿，我们的袋子就装满了这些小小的"宝贝"。

后来听当地人讲述我才知道，地皮菜是生长在野外的菌类，它们在河边、山谷、湿地等地方安身,带着淡淡的清香,是大自然赐予大山里人们的一种野菜。它虽然渺小,却有着大大的能量,可以与鸡蛋、土豆、肉末、雪菜等多种食物搭配,变成鸡蛋地皮菜、土豆地皮菜、肉末地皮菜、雪菜地皮菜、地皮菜包子、蒜香地皮菜、地皮菜汤等各式各样的美味佳肴。每一道菜肴都像是大地的味道与人间烟火的融合,在舌尖舞出独特的律动,给山里的人们带来别样的舌尖享受。

在清水河的这段经历,因为地皮菜而熠熠生辉。它不仅仅是一种野菜,更像是一把钥匙,打开了我对这片土地热爱的大门。这里的山、这里的人、这里的一切都在这小小的地皮菜中展现出独特的魅力。我爱你,美丽的清水河,爱你的山川壮丽,爱你的物产丰富,更爱你蕴含的质朴与智慧。它们如同璀璨的星光,照亮了我记忆的长河,成为我心中永恒的珍藏。无论是那等待下雨的期盼,还是寻找地皮菜的惊喜,抑或是了解它后的赞叹,都编织成了我与清水河之间最美好的回忆,如同那漫山遍野的绿意,永远鲜活,永不褪色。

心影逸思

刘海豹 笔名焘硕、高天流云。内蒙古作家协会会员,内蒙古诗词学会会员,清水河县作协理事。作品散见于各级各类报刊,入选多种诗歌选本。多次获全国诗歌大赛奖项。

有风吹过老牛湾

风一吹。天上的云动了
地上绿绿的草也动了
而天空的倒影不动

风再吹。一湖碧水动了
水中的鸳鸯也动了
而广场上的那头神牛不动

风还在吹。水中的游船动了
船上那么多牵手的人心也动了
唯有握过黄河手的长城一动不动

老牛湾有三生石,有望夫台

有一寸寸似水柔情

七夕这天,又有一湖风吹过

仿佛世间所有的美好

都恰逢其时

有那么多的牛郎织女,缘定三生

所有流淌的水,都细水长流

所有爱着的人,都慢慢爱着

一头牛守着一条河流

一头牛在石头上站着
它始终保持拉犁的姿势,动也不动

一条河流在峡谷中行走
走成湖的模样时,也一动不动

峡谷是这头牛犁出来的
河流是这头牛引进来的

多少年了,这个故事已老成传说
黄河路过老牛湾拐出天下最美的弧度

印象

有时太阳照着水面,也照亮
捣衣女人的笑声。河边的花就开了

有时晚霞映红峡谷,也映红
远处的渔歌。村里的炊烟就香了

日子就这么平淡如水
偶尔有船工的号子,顺流而下

老牛湾人就这么幸福地过着
石头上的牛就这么默默守着

老牛湾记事（组诗）

老牛湾的水，绿了

黄河走到这里，就变了性子
恬静得像一位江南美女
款款漂进水乡。老牛湾的身子
因此颤抖了一下

春风按低云头，在太极湾
用桃木梳子
梳了梳黄河的心情。满河的水
就绿了

面对一潭碧水,看白帆点点
一条条白线
将春色划开,一千朵干净的浪花
就是老牛湾的笑声
洗亮的,何止是春风

这让我想起《保卫黄河》时
它怒吼的样子
想起了船工的号子,穿过激流险滩
想起一首信天游和一个成语
沧海桑田

春天的老牛湾,梨花带雨
楚楚动人
我捧了一掬老牛湾的黄河水
洗着古长城上的岁月

五千年的隐痛,让一掬水
冲洗干净
日子,洗得清澈见底
那头神牛雕塑,它奋蹄的姿势
多像一个隐喻

老牛湾的骡驮轿

骡轿一颠,我就回到
清末了
老牛湾的山路,比岁月坎坷
能把娶亲的唢呐声
颠软

红绸子,绾住喜庆的颜色
也绾住黄河的激流
驮轿的骡子,踩着船工的号子
走得荡气回肠
我就是那个新郎

盖头下的桃花,映红了
好日子,把一段好年华扶上花轿
颠着生活的味道
下桥时,一双红绣鞋踏上红毡
我们就牵手百年了

老牛湾的骡驮轿,从清末
一路颠来,途经风风雨雨
颠簸成民间的婚俗
让岁月这坛喜酒,泡成文化

饮过的人,都会陶醉

老牛湾地质公园

太极湾,其实就是个"几"字
在大地上巧夺天工
据说,这是太上老君赶着神牛
犁出来的杰作

黄河打此经过,拐了个弯走了
明长城在此,驻足洗尘
这两大文明握手言欢的地方
就在老牛湾

它是一本书,你若打开
就能读懂
人类家园十几亿年深邃的奥义
峡谷奇峰,都是文字

它是一个展厅。张开怀抱
就能看到,人文和自然各显风韵
历史宏大的河床
散落的,尽是奇美的贝壳

瓷艺,就是一朵水墨

在黑矾沟的风中，摇曳百年
骡驮轿的民俗文化
在白氏人家的香火中，缭绕不绝

一个地质公园，把久远和厚重
尽揽怀中
让所有路过的人，吮吸文化的梅香
把傲骨挺起

李 巨 呼和浩特市清水河县人，退休教师。清水河县作协理事，《中国诗歌报》内蒙古工作室主编，大河诗刊社签约诗人。在报纸杂志和网络平台发表散文、诗歌多篇，偶有获奖史。

从水纹石里读黄河

在老牛湾

捡起一种带波纹的石头

就如同拾起一段黄河

因其形象，这些石头

被人们叫作水纹石

那一块块水纹石

都是黄河照过的镜子

自从远古那一照

黄河的面容和灵魂

就永远被錾进这些石头里了

水纹石有黄河一样的肤色

红色的纹路有着炎黄子孙一样的血脉

是龙的传人生生不息的写照

在水纹石的镜子里

有一群黄色的野马

在峡谷中左冲右突

终日放荡不羁,奔腾不息

站在齐如斧劈的石崖边

我们可以真实地听到

九曲十八弯中风在吼、马在叫

从这些石头里

可以看到黄河的千姿百态

在它旋涡一样的回环里

藏着阴阳相生、天人合一的太极图

在这幅太极图里

有我们破译不完的玄机

在老牛湾

那些千千层层的水纹石

更像黄河写下的

一个个读不完的黄河故事

神牛回眸,仙人指路,老君开河,神龟增寿……

船在水上行

人在画中游

这让人流连忘返的景致啊

哦,水纹石

是一面面黄河照过的镜子

黄河边上,那个人

虽是三月阳春
沃土上泛出新绿
河冰仍坚守着冬天的一份情

我们遇见村子的一位老船工
他沧桑的脸上
仍然泛着黄河的浪影
如今,不用拉船了
他成了搁浅在崖壁之上
古村落里的浪里白条

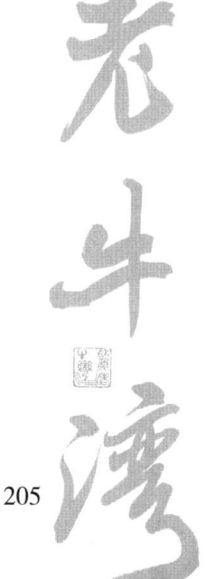

他是活故事
一说起拉大船的事儿
浑浊的眼睛如鱼得水
一下就活泛了
喉咙里立刻就冲出了涛声

他给我们放映一部老片子
我看见十八岁的他
纤绳深深扣进肩胛
逆水而行,把六万斤大船
不,是把艰险和辛酸
把沉重的历史
拉向风雨飘摇的生活

逆水拽船如拉弓
顺水行舟似放箭
从巡镇到西包头
从西包头到巡镇
他们踩着硌脚的岩壁
踩着刺骨的冰渣
踩着齐腰或及胸的黄河水
拉弓放箭,放箭拉弓
流血流汗打了十年仗
在刀尖上跳舞

老片子还没放完

我的两眼已涌出了黄河水

一个浪头,一个浪头

猛烈地撞击着胸壁

我的两颊早成了河底

哦,黄河边上

那个人

——拉船汉

天下黄河

跋山过桥

从清水河跑到石楼县

为的是目睹天下黄河第一湾

原来黄河会作画

围着一座山画了一个圈

哦，圈还没画完

拐了个弯又向南

仿佛告诉你

脚下的路永远走不完

没有重复的水

也没有重复的山

走路不走老路

作文需出新篇

在山尖小饭馆

碗大汤也宽

捞一碗饸饹面

问女老板，天下黄河

哪里最好看

她说，知道吗

上游有个老牛湾

湾里有个太极湾

我一惊

手里攥着筷子

仿佛飘在云雾间

老板像看出了什么，问

莫非你们就是老牛湾……

鎏金的黄河

古来,黄河就是属金的
终日流淌着灿烂

一整天,峡谷拉动风箱
落日把自己烧成熔炉
猛然,山尖
对准炉口用力一捅
立刻,从峡谷里涌出
滚烫的金子都是沸点

黄河的纯度灼眼

熠熠光亮迅速蔓延，扩展
两岸危如刀劈的崖壁
顷刻就被鎏了金

晚风拂动着一大片一大片
刚刚饮过甘霖的玉米田
玉米的叶片是无数把挥舞的青铜剑
眨眼就都镀上了金

河湾湾里渔歌互答
每一个音符都有了金子的亮度
就连跃出水面的那些鱼
都成了贵重的金鱼
群鸟飞过
那是黄河扬起一大把碎金
而坐在石板上的那个望河人
更像是一尊金塑的罗汉

离开老牛湾的时候
我们的车也被镀了金
我们一个个都成了金身
出言吐语一闪一闪
每字每句全是金子的分量

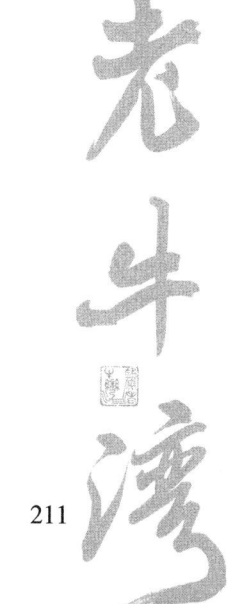

落日·黄河

       奔波了一整天

       太阳怎能不累呢

       况且,水米没打牙

       口干舌焦它却不回家

       站在山头上,红着脸

       好像心里还有啥牵挂

       黄河啊黄河

       你别把羞涩挂两颊

       太阳只是暂时离去

       你还泪水涟涟个啥

有啥说的就明朗朗地表达

嘿
就别逗了
你们还不知道我俩在想啥

秦　勇　清水河县作家协会会员。诗文散见于各类报刊，现居清水河。有获奖史。

老牛湾黄河大峡谷景观（组诗）

母子情深

时间穿梭辽阔

岩石代替神话

相望的群山

演绎生物学的繁殖

和谐的家园寻觅食物链接

长风浩荡覆盖整条河流摇滚

挚爱的大地留下上天的预言

人类土地上

适者生存轮回生与死

延续活着的生命

神龟增寿

万亩岩石上完成

人类解构的思想不倒

神龟的生命从文字中复活

烟火人间无数驿站

一生修炼又一生忘却

无数条路

把宁边州城的沧桑

尽收在眼底

丰富的语言穿透历史

时间留在安静的村庄

古老故事

生命的春夏秋冬

老君圣地

一万朵云淌过河流

一万朵花在岩崖上绽放

蓝色天空下时间转动神秘光芒

收藏大自然的语言

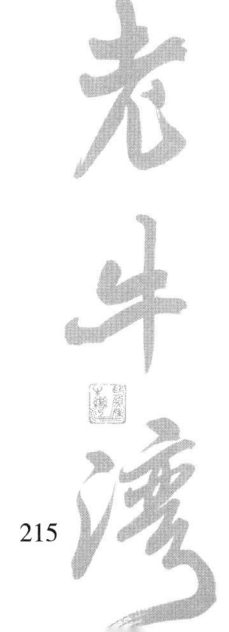

一尊太上老君化石

衣袂飘飘站立在风中

托举整个岁月

时间转动永恒的群山与河流

三十五里峡谷

留守空白

一个山水图腾

步步登高

辽阔的视野中

石头演绎

密集母语接近生活

时空中万物穿梭，记载春夏秋冬

轮回不止，伸进宇宙星辰

阳光的普照，抚摸活着的人间

季节泅渡自由，绿草遍地

高山流水，纵情释放

不朽诗篇

点缀整个尘世

风吹浪打，云卷云舒

凹凸不平的倾斜崖岩层

蓝色的天空下，寓意步步高升

> **杜全生** 呼和浩特市清水河县人,中学教师。爱好文学,有诗作发表于《散文诗》《草原》《散文诗世界》等刊物。

老牛湾叙事(组诗)

老牛湾里,喊一声黄河

于黄河,原来只隔着一重
又一重的山路
只隔着一段战国的
抑或明朝的长城

此生,所有走过的弯曲
都是黄河的模样
所有的浊浪滔滔
都是千回百转的过往

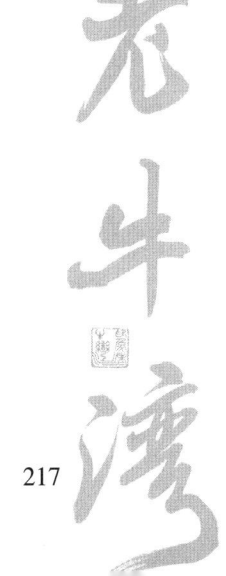

在太极湾里,我的直白

在这弯度浮浅了许多

读了一辈子山水,此刻

终于明了玄机,懂了

阴和阳

于是,把思绪的每次起伏

在这湾水里反复淘洗

望河楼上,九十九道弯

便以天下黄河的形式

直叙而来

这回终于死了心

也成了俗语中的好汉

只想大声地喊一嗓子

黄河!长城!

这一声喊,万千景象

顿时涌出诗意

相遇的一部分

从一段长城的断壁里,依然能窥到

明朝的半壁江山,和江山里影影绰绰的

一声叹息,而黄河之水千年汤汤

早已把远古淘洗得干干净净
只留下此刻的波澜，不惊不喜

当水与火、与土、与死去的骨头在这里相遇
时空回到起点，亦到达终点
恰到好处的这一笔
霎时平息了一路上弯弯曲曲的颠簸和惊恐

而我与它们，只能相隔万丈悬崖的距离
在高处，秋风吹动着历史
一边烽火连天，一边百舸穿梭
战马的嘶鸣与纤夫的号子搅在一起
今夕何夕，何夕今夕

对岸的烽火台还在，望河楼还在
几棵苍老的海红果树还在
更远处依稀的牧羊人和羊群还在
它们都是此刻相遇的一部分
彼此沉默、孤独，继续保持
一个独行者的思想和姿态

那头老牛，把神话留在人间
把自己的肉身雕刻成一方印章
稳稳地，钤在这幅山水画卷的题款下
然后，自己羽化而去

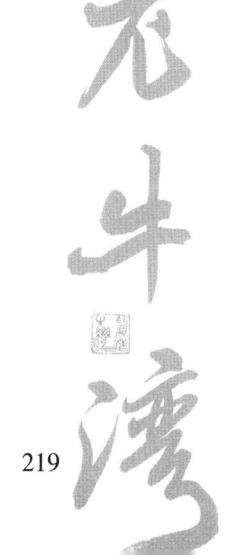

老牛湾里，黄河与长城

以它们生命的弯度，心手相连

弯曲的水

本以为，她有咆哮之势

裹挟着泥沙

如赶着一群野马

永不回头

事实是，她以温婉示我

平静得像朵莲花

澄绿得想洗去一身尘埃

但她仍然叫黄河

水做的身体，随物赋形

九十九道弯里

最急的一个弯，成就了

最缓的自己

这湾水一定是从天上而来

隐于山谷，多少人慕名而来

讨教急缓、曲直

面对她，忽然无语

该用多么大的洪荒之力

才能让自己的身体弯曲

佐　证

去老牛湾的路上

我把半生走过的弯路

重新走了一回

仿佛一辈子逃脱不掉的宿命

在弯曲里，找到了事物存在的

必要性和可能性

时间的刻度拉长，又是一个远古

山路未开，长城混沌

黄河是一滴精血

弯度显现的时候，时空逼仄

开始相遇、相知

然后决绝地分离

神牛可以做证

它犁出的一湾碧水

是弯曲的佐证

也把另外一些弯曲统一起来

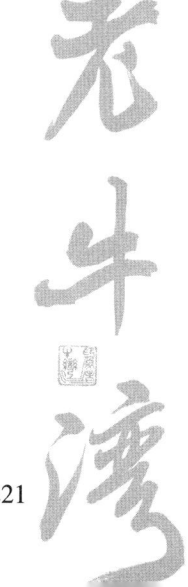

走过黄河水纹石地面
一部分水在黄河里
一部分水在脚下的石头里

黄河里的水是新鲜的
石头里的水早已死去

活着的时候,它的名字叫浪花,叫流水
甚至叫黄河
现在,归隐于一块石头
石头是它的家,是它的命,是它的棺材
——人们叫它水纹石

它内部的波纹,就是它曾经走过的路
它曾经走过的路
又被别人在它的身体上走过

这一走,就是整个黄河故道
这一走,就是水与石的千古绝唱

赵喜报 呼和浩特市清水河县人，爱好文学，偶获小奖。作品散见于纸刊及网络平台。

走进老牛湾

走进老牛湾，宛如走进一幅水墨画卷
弯弯曲曲的山路，一直蜿蜒在黄河岸边
每一曲折处都像故事里留下的悬念

汹涌的黄河在这里一拐，拐出个神奇的几字湾
一头神牛静卧在明镜般的水面上
悠闲地咀嚼着时光，嘴角边的岸边绿草茵茵
一路奔腾的河水，在这里收敛放荡不羁的性格
缓下了脚步

河如刀锋，宽阔的河道悬崖高耸，怪石嶙峋

每一块排列有序的石头临危不惧
生动了天下黄河第一湾的情节

这里也是黄河与长城握手的地方
这一握,长城让开了一道缺口
从此,一泻千里的黄河
把人类文明摆渡上岸

遥望岁月,两岸陡峭的石壁上
当年不畏艰险,逆河而上的纤夫
留下的脚印早已不见踪影
而那铿锵有力的脚步声
还在历史的长河中回响

李劲梓 在清水河县工作,文学爱好者,有小作偶见于地方、行业报刊。

老牛湾颂歌

是多少年的西风,

吹弯了黄河滔滔东去的路途,

才吹出了老牛湾;

是多少朵的浪花,

冲刷出两岸陡峭险峻的峡谷,

才冲出了老牛湾。

是太上老君的神牛,

勾勒出老牛湾的鬼斧神工;

是望夫石上的传说,

滋润着老牛湾的风雨兼程;

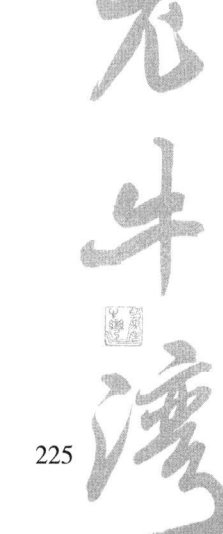

历史有历史的记忆,
在每一块岩石上,在每一粒泥沙里……
我似乎听到了河路汉的号子,听到了祖先沙哑的嘶吼;
时代有时代的华章,
在新建的机场上,在两岸的农家乐……
我正在聆听着奋斗者的歌声,听到了新时代激情的呐喊。

读老牛湾,如穿越厚重的时光,
读出自然的神奇,读出山河的壮美;
写老牛湾,就描绘时代的奋斗,
写5A级景区日新月异,写乡村振兴共同富裕,
写清水河人民不懈地追求,写中华儿女努力地奋斗。

老牛湾咏叹

这一湾,用一双热情的手
留住了来自巴颜喀拉山的低语
留住了滔滔东去的黄河水
留住了河路汉一声接一声的呐喊
留住了祖先逐水而居的路

这一湾,用一双奋斗的手
鼓舞着黄土高坡上的海红果树
鼓舞着长城墙壁上每一块黄河石
鼓舞着各族人民高举的酒杯
鼓舞着晋陕蒙人民手拉手围着篝火的裙裾

这一湾,用一双勤劳的手

书写了地质公园几千万年的尘土

书写着飞机场通往世界各地的航线

书写着5A级景区滚烫的华章

书写着清水河人民匆忙的脚步

这一湾,最后成了一双幸福的手

牵着孩子们的手

给我们的老牛湾

给满脸皱纹的先祖

深深地鞠躬

杨玉明 农民,呼和浩特市清水河县人。清水河县作家协会会员。

坐在老牛湾广场的石板上

县文联组团去采风,
直达老牛湾景区广场。
硕大的广场是一块整石板,
五星红旗迎风飘扬。
我坐在热乎乎的石板上,
胜似儿时的那铺火炕。

我学着母亲盘腿坐在石板上,
高峡平湖一派好风光。
巍巍长城与黄河手相挽,
大峡谷见证百年沧桑。

望河楼上兵卒在瞭望，
曾经击退过多少敌人。

我学着玄奘静坐在石板上，
隐约间老青牛和我拉家常：
当年犁河惊慌地扭了个弯儿，
今日遥感可控河水涨退。
你勇于担当为的是人民安康，
你的功绩已刻在人们心中。

我学着老乡圪蹴在石板上，
欣赏志愿者吹拉弹唱。
演员们互动把大爷搀，
观众们笑得前仰后合。
人人举着手机忙照相，
我将豪情抒写在本上。

我坐在石板上细打量，
神奇大自然造福一方。
石头窑洞、石板路，
石凳、石桌、石板炕。
老百姓处处实打实，
石头大院里待客忙。

我修身正坐在石板上，

游轮声声湮没了号子腔。

满载而归的渔船靠了岸,

驰名水产走向大市场。

忽闻三地雄鸡齐高亢:

天——下——平——永昌!

(注:民间俗语"黄河宁,天下平。")

老牛湾游记

游船劈浪,
忽如飞越仙境。

鬼斧神工悬崖绝壁,
老牛丰碑永存。
大禹治水涂山采药,
千年化石显现。
仰观巨龙威严壮丽,
烽火台传佳音。
高峡平湖远向天际,
引黄造福人民。

吟诗畅叙母亲怀抱，
浪花轻抚琴弦。

雨　萱　本名张新东,呼和浩特清水河县人。性格开朗、乐观,喜爱诗歌、散文。就职于清水河县残联。

老牛湾,你的风韵依然

在这宛如车轮滚动的岁月
老牛湾
你就像一位风度翩翩的尊者
风韵依然
在黄河与长城的握手之处
续写着华丽的诗篇

你从巍峨嶙峋间淌过
老君的神牛在这里耕耘着过往的云烟
护佑着这片润土
水碧天蓝,无关我的风月之美

弹指一挥,有关你的倾城之醉
悲喜就在刹那间浮现

那天
大禹说:我给黄河修了道门
一边是峡岚,一边是山峦
碧绿为天路
湛蓝是门楣

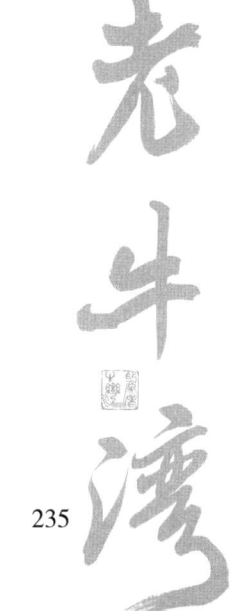

这 风

这风,在峡谷

悠悠拂过已有千年

裹挟着古老的传说

老牛在黄土高坡神奇地犁出两岸峡谷

给我们炎黄子孙留下一粒貌似种子的杰作

留下来的是历史的馈赠

也是希望的寄托

这里长城与黄河把酒言欢,觥筹交错

撞了个满怀

于是，这风从这里经过

好似信天游手持三弦

在苍穹下，陡壁间潮起潮落

传唱着冰海棠或谷子穗的笑靥与蹙眉

那嘴和鼻腔

满是醇厚又质朴的烟火

这风

总是能让身在远方的游子

泪流满面

回望

峡谷里，这风

绵绵不绝

回绕在我的耳边轻轻诉说着

你的美艳动人……

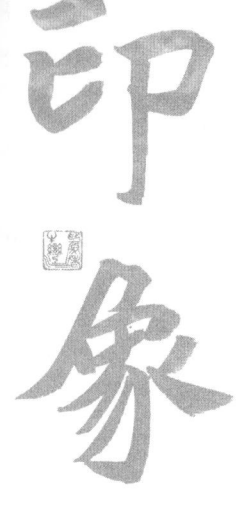

姜俊兰 呼和浩特市诗词学会会员,清水河县作家协会会员。爱好文学,偶有获奖。现居托克托县。

封冻前的黄河

母亲河的冬天
最美就是封冻前
浩浩荡荡的几字湾
犹如母亲千回百转的柔肠
涌动着天地的潮汐

此时,当你走近母亲河
浪花不再轻浮
河水不再轻狂
满河满河的冰凌
仿佛就是昨夜埋伏下的士兵

兵戎相见

他们跃跃欲试

仿佛是路见不平拔刀相助

的勇士

淬炼着气吞山河的胆魄

一朵朵冰花

犹如狭路相逢的战马

动静有序

千钧一发

用心倾听吧

莲花在为天地诵经

发出抑扬顿挫的梵音

黄河似一个血性的汉子

撕开胸膛

一声声，诉说着

英雄豪杰的名字

飘飘洒洒的白雪

难掩一条河的风流

此时此刻

再读康熙大帝的《冰渡》

"半夜河冰合，安然过六师"

更觉母亲河的神奇伟大

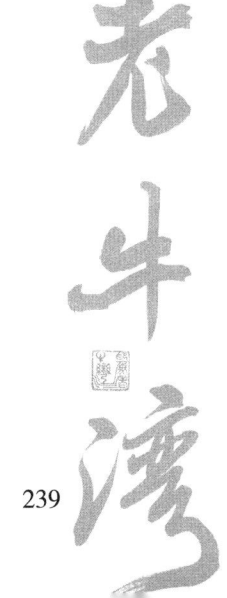

一条河在日月中静静地流淌

绪写着源源不断的故事

董 韬 清水河县作家协会会员。喜读书，爱写作，好文学和书法。现就职于清水河县人社局就业中心。

船过老牛湾

啊！多少有些激动，我还没有准备好，就已经站在了船上

黄河水在船的下面奔涌、翻卷，深不可测

她脱去往日黄衣，换上碧绿霓裳

经过老牛湾的气势，是低沉的，闪耀着养晦的光芒

当神牛犁过老牛湾，一个"S"便写在大地的胸膛

黄河在此驻足，勇猛的汉子转眼变成温柔的姑娘

两岸壁立如削，船到近旁仍需仰首仰望

长城与黄河在此握手，诉说着百年沧桑

大禹治水的传说凝固成山峦的脊梁

峭壁的风采书写着黄河边纤夫奋进的篇章

老牛湾,是大自然鬼斧神工的杰作

黄河大峡谷5A级景区的乐章在此奏响

老牛湾码头的兴建,给清水河县的文旅事业

带来了新的希望

愿老牛湾是山城的一个亮点,永放光芒

啊!多少有些激动,我还没有准备好,就已经站在了船上

郝世裕 呼和浩特市清水河县人,退役军人。清水河县作家协会会员。热爱诗歌和散文创作。

一条河,一个湾

一条古老的黄河

奔腾数千里

在这里,放慢了脚步

收敛了她的桀骜不驯

是谁持巨斧

刻下垂直的峭壁

是谁执耕犁

在这里神奇地转弯

是谁在渔船上唱起了漫瀚调

惊扰了报晓的雄鸡

岸上灯火氤氲里

掩盖了谁的叹息

对面的烽火台上

是否也曾狼烟四起

那一段古长城下

可曾刀光剑影、鼓角争鸣

奔流不息的黄河水

淘尽了千年往事

荡涤了世间尘埃

涛声依旧，却早已变换了时空

> 张 军　中共党员，就职于清水河县委巡察办。热爱文学，兴趣广泛。喜欢用文字记录生活，作品多发表于"清河创客"，有获奖的经历。

黄河行

上了船起了锚

感受着黄河水的温文尔雅

深邃、豁达、凝重、静谧

承载着五千年灿烂文化的厚重

河面平缓历经浪涛洗礼

铅华洗尽的自然风光呈现

波光粼粼，素雅而迷人

绰约的风姿令游人沉醉

思绪穿越绝壁悬崖

视线在山洞、峡谷、渡口、台堡间徘徊

奇石、纤痕、渔船、码头

诉说着永不老去的神话

听岸边那一个个古老传说

太极湾、乾坤湾、老牛湾

仙人湾、留香湾、神龟增寿

望河楼、神牛滩、步步登高

大禹治水、涂山氏采药故事千年流传

叹大自然的神工鬼斧、生花妙笔

黄河长城深情相拥

描绘出一段段不朽传奇

勾勒出一幅幅梦幻诗画

孕育了这生生不息的家园

> **杨东升** 笔名悟尘。内蒙古朗诵协会会员,呼和浩特市作家协会会员,呼和浩特市电影家协会会员,清水河县文艺志愿者协会副主席,清水河县作家协会会员,清水河县音乐家协会会员。作品刊登于纸媒及网络平台。创作的歌曲获内蒙古文化馆优秀原创作品奖、天津市原创歌曲大赛优秀作品奖。

这条大河

淌过百年屈辱
血肉,埋进早已抹平的坟冢
只留下一把黄沙,还游走在哀号的风口

你含泪拾捡着,骨殖擦燃的磷火
那熊熊磷火中,镌刻着一个五千年的姓名
——中华儿女

那个走失了太阳的夜,你让月光摇曳苦难入眠
觉醒在绝望的浅鼾里,怒吼着,咆哮着
深深掐进肌体和灵魂的指尖,喷涌出一句

喋血的梦语：走下去，坚定地走下去

那是一个由无数血泪汇聚成的梦
有荆棘，有磨难，有温度，有激情，有爱
梦里，株株野草，在轮回里招摇

那些凋零的，曾刺痛你掌心的枯萎叶片
在你再次咆哮怒吼之时，汇聚成
喷薄的血液，奔涌进你鼓囊囊的脉搏

黄河啊，我坚强的母亲
飞溅的浪花，是你忍住疼痛迸出的汗滴
卧在身边的每块顽石里，都镌刻着你的使命
那使命，就是你对天地的承诺
和对大海的誓言

黄河啊，我苦难的母亲
浸湿你双眼的，是昨日凄楚的泪
就是你今天插满鬓角
和我一样，盛开的亿万枝花朵

啊，母亲，我亲爱的黄河母亲
你不仅有，埋葬忠骨的坟冢
你更有，根植幸福的沃土

> **刘赞功** 中共党员。清水河县作家协会会员,爱好文学,作品荣获清水河县文化艺术成果长城奖。发表各类文学作品近五百篇,40余万字。

一湾风情老牛湾

我深知,天下黄河九十九道弯,
九十九道弯中泊着九十九只船。
九十九只船上竖着九十九根杆,
九十九位艄公齐力把船儿扳。

啊,你这神奇梦幻的九曲十八弯,
每一湾都藏着无尽的风情与浪漫。
酸米汤滋养着黄河儿女的肝胆,
黄河啊,这天河,话语滔滔不绝,
世世代代诉说着前世与今朝的变迁。

故事里的情节，满是梦幻，
每个湾，都蕴含神秘的内涵，
"几"字形的浩荡在此优雅地转弯。
你端庄又秀丽，低调不张扬，
没错，就是你——澎湃激昂的老牛湾。

你是天下母亲河的无上骄傲，
是黄河中一颗璀璨明珠。
岁月虽古老，可你永远朝气蓬勃，
昂扬又澎湃，卧虎藏龙，满是气魄。

你屹立在黄河与长城握手之处，
蒙晋陕的黄河故道悠悠地流淌。
你是水上"走西口"的起始之乡，
是中华儿女文明的温暖摇篮。

得天独厚，占据黄金般的地理位置，
流传着神牛辛勤耕耘的古老故事。
故事里，神牛奋蹄，开垦土地，
讲述着黄河儿女拼搏奋进的历史。

如今，你挥动如椽巨笔，豪情满怀，
在十八弯筑牢黄河美好的未来。
水陆空全方位续写老牛湾的精彩，
奇山异水承载梦幻般的旅游期待。

老牛湾,那立于天地间的山与水

大自然的美,如细密的网,
铺天盖地,无处不在地荡漾,
山与水,率先闯入心房,
它们是美的先锋,奏响美的交响曲。

当你踏入老牛湾,黄河的胸膛,
每一寸土地都散发古老的香,
这里是山水雕琢的天堂,
美得惊心动魄,让灵魂震撼。

黄河的故事,在九十九道弯里生长,

"黄河长城握手地,神牛耕耘老牛湾",
这是经典的绝唱,流传千古,
岁月的车轮也无法将它埋没,
山水是它永恒的温床,
承载着传奇,在时光里远航。

山的巍峨,水的灵动,
骨子里的美,万古传颂,
船上的旅人,目光匆匆,
被这美景凝住呼吸,心潮翻涌。
在欣赏之后,更想深入其中,
留住美好瞬间,不让它消逝,
搜寻记忆的碎片,把珍贵留存,
让这一刻,成为永恒的梦。

此刻,你定会惊叹出声,
老牛湾的两岸,神秘又迷人,
神奇传说与山水紧紧相拥,
像老友重逢,契合得严丝合缝,
无尽的珍奇,在其间暗涌,
等待着有心人,去把宝藏发掘。

仙人湾、太极湾、留香湾、老牛湾,
湾湾相连,藏着岁月的呢喃。
母子情深、水猿大圣、老君圣景、神龟增寿,一个个故事,如珍珠般璀璨。

云滚洞、涂山氏采药、长河落日圆,

黄河长城握手地,奇观连连。

这是大自然的杰作,母亲河的礼赞,

天然去雕饰,自古出天成,

古人的描述,让我们深深赞叹,

对这鬼斧神工,佩服得五体投地,心甘情愿。

清水河,黄河畔的璀璨明珠

清水河,北疆一道亮丽的风景,
你是黄土高原上一颗璀璨的明珠。
你曾是历史上黄河上繁荣的渡口,
"走西口"口里口外的交通要道。

你的历史随黄河母亲澎湃,
你的文化似黄河源远流长。
你是黄河儿女的繁星一颗,
你是清水河县的砥柱中流。

故事中,你的名字随河水清澈,

长河里，你把家乡故土点缀。
历史上，你留下一段段佳话，
看今朝，你奋斗的步伐昂扬。

你用乳汁哺育了沿河儿女，
清水河，黄河儿女的骄傲。
儿女是你不竭的动力，
黄河是你永久的依靠。

王利平　就职于清水河县中蒙医院。热爱书写叙事、情感类文章，喜欢创作小品。曾于"清河创客"平台发表多篇散文。

自从有了你

十年前，初听你的名字——老牛湾，

是一头极像老牛的湾？

未曾谋面，只是心里的画面，

兴致勃勃地想要见你。

绕过山，翻过沟，

你是神牛脚下的一道弯。

宛如镶嵌在神州大地上的灵蛇，

绵延不断，缓缓前行。

十年里，你的容颜不断改变。

烟火里的美食，爱情树下的恋人，

治愈灵魂，收获爱情，成就美好。

不远千里的朋友都想见你。

自驾游,跟团游,

你是长城黄河互敬互爱的握手地。

犹如横跨在晋陕蒙三地的友好纽带,

守望相助,共创美梦。

今天,5A是你的新名片。

神狮护水,神龟增寿……

惟妙惟肖,美好寓意的象征。

五湖四海的朋友慕名而来,

登客机,览全景。

你是大自然鬼斧神工的伟大杰作,

好似馈赠给祖国山河的宏伟蓝图,

繁衍生命,生生不息。

曹召炜 中共党员,曾在清水河县农牧科技局工作,现已退休,文学作品发表于网络平台。

神奇老牛湾

盛夏时节
青苗长势节节高
一路心随车轮,跌宕起伏
茫茫山川映眼帘
车内笑语融融
谈古论今畅叙浓
约一小时车至黄河畔

火样灼烤的这片热土
祖辈曾在这里生息繁衍
远去的狼烟烽火

艄公那悠扬的号子

隐约回荡在耳边

川流不息的黄河水

带走千古悲欢离合

留下祖先倔强的足迹

举目云游低头艇移

沿着逶迤大峡谷

伫立游艇顶端

随着机器轰鸣声顺流而下

两岸悬崖峭壁气势磅礴

禹开九州的惊天神斧

拓通天下第五大河——黄河

老牛湾是其分支

长城黄河握手境域

与山西隔河相望

沿途天蓝地绿水清

青翠山峰景色各异风光独特

栈道环绕山中沟壑，蜿蜒如蛇

长河潋滟碧波荡漾

候鸟展翅，莺歌燕舞，水中嬉戏

老牛湾二十多个景点

蕴含不同的故事

长河落日圆，一帆风顺

太极湾、留香湾

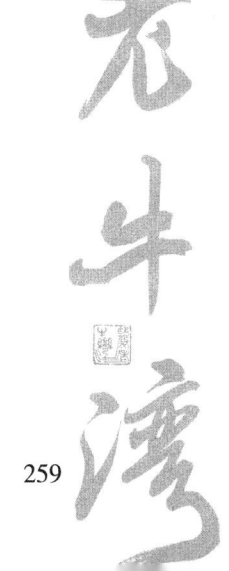

仙人指路、望河楼

形态夺目如临人间仙境

是游客观赏的好去处

更给文人墨客雕刻下

千载灿烂文化

无尽遐思创意

令人流连忘返

守护母亲河

      黄河之水

      昼夜奔腾川流不息

      历经狂风暴雨惊涛骇浪

      传承着中华血脉

      承载着五千年文明史

      它滋养着千百万中华儿女

      向着大海奋勇前行

      我是一叶

      不起眼的小舟

      行驶在茫茫天地间

乘风破浪穿越时空

四季如轮依傍着红日霞晖

起早贪黑奔跑在人生道路上

为了梦想披荆斩棘不懈奋斗

背朝苍天面向黄土

打小在这里生活

悉闻古老歌谣与传说

无论寒霜日灼

双手荡起双桨

划行在母亲河上

以青春热血尽染火红岁月

用滚烫汗水浇铸自己的灵魂

我是一叶小舟

吸吮母亲河的乳汁成长

母亲河

咆哮流淌的回音五彩斑斓

如弹跳的琴弦

演绎着远古声韵

宁边州古城遗址、云滚洞

神龟增寿、母子情深

老君圣地、沿河栈道

仙人湾、留香湾

非遗神秘,余音回荡

让徜徉在这片热土的人

无不为母亲河而自豪
激励着中华儿女开拓创新
让璀璨文化世代相传
让我们携手托起明天的太阳
守护锦绣家园
守护壮美母亲河

曹春燕 现就职于清水河县应急管理局。

老牛湾，走向未来

在老牛湾，于九曲黄河的蜿蜒间，
太上老君座下神牛悠然回眸，
那一瞬，仿若时光凝住，
犁开岁月尘封，造就这神奇的湾。

你自远古的洪荒中款款而来，
迈着沉稳的步伐，走向浩渺未来。
长城与黄河在此深情握手，
层峦叠嶂间，奇峰若隐若现，
似天地间一幅磅礴画卷。

大禹治水的传说,如悠悠古曲,
在这片土地上回响;
望夫台静静伫立,
仍在痴痴等待,承载着千年的思念。
神龟增寿的祥瑞,撒下安康吉祥,
母子情深之处,尽显母亲的温柔慈爱。

黄河岸边,那错落有致的窑洞人家,
早已备好酸米饭、油炸糕,
还有鲜美的黄河鱼、酸甜的果丹皮,
以最热忱的心,迎接远方来客。
宾客们品尝特色美食,齿颊留香,
坐上游船,饱览黄河两岸的旖旎风光;
欣赏当地精美的陶瓷制品,
感受长城与黄河文化的深沉底蕴,
领略纤夫精神在岁月里的沉淀与传承。

这片土地,见证着日出日落,
目睹花开花谢,四季更迭如诗。
光阴流转,故事或宁静或热闹地上演。
它带着朴实、自然与祥和的气息,
和着5A级景区现代化的激昂节拍,
一同迈向那充满希望的未来。

> **樊三毛** 本名樊志忠,清水河县作家协会小说部部长。内蒙古摄影家协会会员,呼和浩特市作家协会会员,呼和浩特市电影家协会会员,清水河县宣传部(融媒体中心)特约通讯员。撰写了大量人物传记、报告文学、散文、小说和新闻稿。作品散见于各网络平台。曾多次获清水河县文化艺术成果长城奖。

非去不可的老牛湾

黄河故道可追溯至万年前,
洪荒岁月里诸多故事涌现。
大河滔滔,声若惊雷震耳,
汹涌澎湃,恰如万马奔腾。

戛然而止,不再向前流淌,
水头打旋,不断缓缓升高。
沟壑高山,皆被洪水吞没,
浩渺苍茫,水天相融一线。

其所在正是我的家乡清水河,
天上降下一头威猛的神牛。

明灯山上，明灯璀璨闪耀，
电闪雷鸣，映照惶恐老牛。

老牛惊恐万分，肆意狂奔乱闯，
左突右奔，左躲右闪，盲目冲撞。
刹那之间，犁出了个老牛湾。

大河蜿蜒曲折，七弯八绕向东去，
裹挟泥沙，使得水色混浊泛黄。
人们形象地将它称作黄河。

我的家就在清水河旁，
西边峡谷，黄河水滔滔不绝。
岁月流转，走进了新的时代，
如今此地，已成热门旅游区。

人山人海，熙熙攘攘络绎不绝，
四季风光，各自拥有独特魅力。
春景秀丽，明媚中燕儿翩翩飞，
夏日之时，山青水绿波光碧蓝。
秋来枫叶，映照绚丽的山涧，
冬寒走来，雪飘大地身披银装。
神斧劈谷，崖壁高耸陡峭险峻，
万山沟壑，不再是一片沉寂。
游人置身景中，笑声四处飞扬。

高尚儒 退休教师。清水河县作家协会会员,清水河县摄影家协会会员。作品发表于网络平台,有获奖史。

老牛湾的悟

我生于干山沟

渴慕水的自由

那灵动的流淌是梦里的渴求

成人后,我漂泊似无根的舟

怀揣水的秉性不懂迂回游走

一路与沙子携手

想洗净世间的污垢

保持澄澈哪怕翻肠搅肚

却总是事与愿违撞得头破血流

在轮回的碰撞中直着脖子不回头

忽略层峦只顾暗礁的阴谋

爱水却似旱鸭子般生涩
怕湿了衣裤，怕迷了心魄
查遍八字也解不开命运的锁
宁可滴水成冰也不随波逐流
化水为汽远离化工的污浊
随水落花守护那一抹温柔

多次行走在老牛湾的渡口
每次都有新的感受
抚摸草木怕触伤它们的肌体
在这世间错误与失误如影随形
无奈长叹对着老牛湾倾诉
佩服这大自然的鬼斧神工

康志珍 爱好文学、书法，清水河县城关三小教师。

老牛湾的守望

黄河在这里拐了个弯

打了个结

将千年的岁月

系于悬崖的筋骨之上

河水于其间低语呢喃

叙说着泥沙沉积的过往

烽火台矗立于此

已历经数不清的寒暑

风沙抚平了它的棱角

却抚不平

那些嵌在砖石中的号角鸣响

游船划开水面

波纹在身后合拢

仿佛从未被惊动

而两岸的山影

在我的脊梁上

微微晃荡

我立在甲板上

投下稍纵即逝的身影

游客们

带着各异的面容

往返于同一条航线

每一次都是全新的旅程

每一次

又都是

重复的辞别

但

河水缄默

却从未停止奔涌

一直在向前，向前

张 健 呼和浩特市清水河县人,爱好文史,现就职于清水河县文化旅游体育局。

我们终将见证老牛湾明天的光芒

携手共舞
黄河与明长城深情对望
我们一次次用镜头
捕捉老牛湾黄河的夺目光彩

明朝的老牛湾堡,战鼓曾擂响
将士们熬煮战前的糜米粥,热气腾腾
酸米汤的故事,从这里开场
历史的画面,凝固在那古老的时光中

五湖四海的游子与客商

怀揣皮毛、茶叶、瓷器、银钱和书香
奔波在路上，为寻找生命里的
生计、前途，还有梦想与远方

从老牛湾堡最初的规划、设计、绘图、展望
到5A级景区筹备的繁忙景象
一代又一代清水河人，在前行的路上
历经无数崎岖、坎坷、艰辛、迷茫与彷徨

2024年，必将被历史铭记
一茬茬的奋斗，老牛湾码头不断变样
为这古老渡口，注入全新的力量
带来新的辉煌，点燃希望的火光

历史正热情招手，呼唤新的篇章
老牛湾码头的未来，充满想象
那明日的光芒，定会更加明亮
我们一同见证，这伟大时代的交响

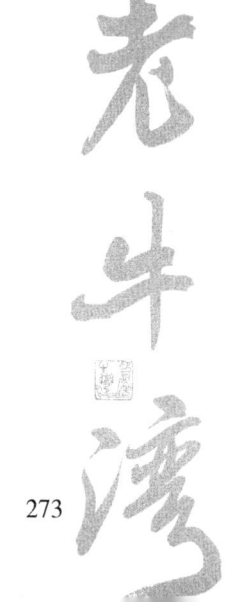

乡音清韵

印象老牛湾

> **杨东升** 笔名悟尘。内蒙古朗诵协会会员，呼和浩特市作家协会会员，呼和浩特市电影家协会会员，清水河县文艺志愿者协会副主席，清水河县作家协会会员，清水河县音乐家协会会员。作品刊登于纸媒及网络平台。创作的歌曲获内蒙古文化馆优秀原创作品奖、天津市原创歌曲大赛优秀作品奖。

黄河母亲

喊一声黄河母亲啊，我的母亲河

喊一声黄河母亲啊，我的母亲河

我的母亲河……

母亲河从我身边流过

这条母亲河也曾从祖先身边流过

一辈一辈淘洗着风尘

将祖先的皮肤染成黄色

从我心间流过一条母亲河

这条母亲河也曾从父亲心间流过

一年一年冲刷着岁月
将我的身躯染成黄色

喊一声黄河母亲啊，我的母亲河
润物细无声的呵护，滋养了我
喊一声黄河母亲啊，我的母亲河
心心念念就想喊一声：我的母亲河

泪水交融过，鲜血浸染过，
激烈汹涌的豪情奔腾进我的血脉
号角听过，烽烟看过
永不磨灭的斗志淘尽斑驳

喊一声黄河母亲啊，我的母亲河
润物细无声的呵护，滋养了我
喊一声黄河母亲啊，我的母亲河
心心念念就想喊一声：我的母亲河
喊一声黄河母亲啊，我的母亲河
坚强不屈的意志，燃烧了我
喊一声黄河母亲啊，我的母亲河
母亲啊我的母亲河
一生最荣耀能拥有你的颜色

我的母亲我的河

养育我的河一直流着，流着

流淌成长城的酒窝，

云朵飘进轻柔的河水

爱抚手中的凌波

我要把你的故事深情诉说

诉说先辈用血泪把幸福凝成执着

心中的黄河一直流着，流着

流淌成中华的笑窝

明月落进温暖的河水

照出你的婀娜

我要用一首歌唱出你的传说

传说中祖先的慈悲指引前行的我

啊……我的母亲我的河

你有那九曲十八弯的妖娆

心怀四海天下的气魄

啊……我的母亲我的河

你载着中华民族五千年的梦想

为万世儿女播撒恩德

啊……啊……我的母亲我的河

啊,你一直流着,一直流着,流着……

看上一眼老牛湾

看过一眼老牛湾,我便忘不了你
青山的韵,黄河的魂,你是人间仙境
百丈绝壁如刀锋,碧波柔情似母亲
九曲洪流五千里,神迹转身剜成姓

看上一眼老牛湾,我忘不了你
烽火狼烟,光阴烙印,刻进历史
万仞之上你独尊,横卧青冈化金龙
雄壮延绵千百年,捧起河水写成名

啊,老牛湾,神奇的老牛湾

你是天造就,也是人文情

啊,老牛湾,神奇的老牛湾

你是生命泉,也是后代根

我是长城骨血里的温柔

我用笔墨描摹

你的风骨

却怎么也

绘不出你的执拗

我用锦帛绣出

你的轮廓

却怎么也

绣不出你的浑厚

我就是长城骨血里的温柔

千百年后于梦乡邂逅

指尖轻触你沧桑的面容
静静感受淡淡忧愁

我就是巨龙骨血里的温柔
看草长莺飞，品山河锦绣
歌不尽草原熠熠往事
翩跹漫舞一展风流

清水河之恋

红色的老牛坡,
披上第一缕晨光,
剥开金色的喜悦,
绵延至远方。
我张开双臂,
陶醉进迷人谷香,
聆听鸟儿在那枝头歌唱,
唱出这土地红色的梦想。

神奇的老牛湾,
星点渔船慢撒网,

采撷青山的灵韵,

绿成河的悠长。

我仰止烽火,

千帆流云入梦,

心儿随长城绵延的方向,

追逐新时代耀眼的光芒。

啊,我不由得走近你,

拥抱如初恋般炙热,

天如裳,星月亮,心贴心,情不忘。

啊,清水河,我的故乡,

依偎在爱人般的胸膛,

旧过往,新征程,手牵手,共辉煌。

啊,我们共辉煌!

刘海豹 笔名焘硕、高天流云。内蒙古作家协会会员，内蒙古诗词学会会员，清水河县作协理事。作品散见于各类报刊，入选多种诗歌选本。多次获全国诗歌大赛奖项。

火红的日子舞起来

你扭着秧歌走过来，
踢鼓子的汉子豪情满怀。
锣鼓敲起来震动长城内外，
歌声吼起来唱遍大江南北。
一条巨龙飞起来，
火红的日子舞起来。
我家住在长城下，
幸福生活开创新时代！

你坐着骡驮轿走过来，
吹唢呐的汉子豪情满怀。

红盖头遮起来美了清水河畔,
俏酒窝笑起来醉了大江南北。
一条大河天上来,
火红的日子舞起来。
我家住在黄河边,
幸福生活开创新时代!

你唱着信天游走过来,
山里头的汉子豪情满怀。
山曲儿唱起来惊得林中鸟儿飞,
俏脸蛋红起来羞得蝴蝶落花蕊。
一条小河山里来,
火红的日子舞起来。
我家住在清水河,
幸福生活开创新时代!

你是我心中最美的河

谁把群山做画屏,
谁引清泉画中行?
一条清水河,流过千万年。
古今多少事,沧海变桑田。
春来杏花白,
秋到海棠红。
绿水青山好风景,
处处是水墨丹青。

谁用长城做风骨,
谁把黄河化柔情?

一条清水河,浪花千万朵。
乡村振兴事,都是幸福歌。
南来是贵客,
北往是嘉宾。
海纳百川容天下,
各族人民一家亲。

清水河啊,清水河,
你是我心中最美的河!
多少回激流险滩,
我们并肩闯过。
多少回豪情满怀,
我们为你纵情放歌!

李 巨 清水河县人，退休教师。清水河县作协理事，《中国诗歌报》内蒙古工作室主编，大河诗刊社签约诗人。爱好文学创作，在报纸、杂志和网络平台发表散文、诗歌多篇，偶有获奖史。

老牛湾之歌

云缠重重山

峡谷雾里穿

神牛一吼气冲天

犁出老牛湾

糜谷穗头重

粟米舌尖甜

河宽浪缓鱼儿多

红果香两岸

快车崖壁过

飞舟冲浪尖

长城黄河手牵手

锦绣前程远

窑洞层层高

窗花朵朵鲜

颤悠悠花轿上飞下红蜻蜓

好日子比蜜甜

家乡清水河

清水河,清水河
欢歌笑语多少年
波光粼粼好容颜
绘春咏夏唱金秋啊
白描就是那千堆雪
丹青美了两岸田园
歌喉醉了高低屋檐
滋润了长城一道道
充实了黄河几湾湾

清水河,清水河

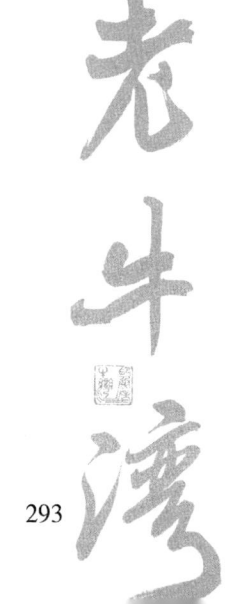

欢歌笑语多少年

母亲乳汁一样甜

喂饱了谷穗金闪闪

养大了高粱红满天

酸米粥的柔情在黄河畔

海红果就像她们的红脸蛋

高粱酒的风骨在长城边

老牛坡的红旗是战士的血

清水河,清水河

欢歌笑语多少年

古风新韵春常在

金盖玉屏展新颜

盘山公路如织锦

天堑大桥好飞跃

蓝图就用这双手绘啊

幸福生活万万年

幸福生活万万年

老牛坡之歌

高高马鞍山系着哈达一样的云缎
柔柔云缎轻轻拂拭着山尖的蔚蓝
脚踏晋蒙陕交界听雄鸡唱过一遍又一遍
老牛坡美丽传说是一幅光彩夺目的画卷
山脊上绵延着巍巍长城
烽火台仿佛是它的驿站
那曾经滚滚的烽火啊
是历史沉甸甸的炊烟

红色广场党旗鲜红,那是我们红色的信仰
绿色山顶火炬耀眼,那是我们坚定的誓言

红色老牛坡红色党支部代代传承

不忘初心描绘着新时代最美画卷

鲜花怒放松涛阵阵会抒情

百草茂盛青山座座做铺垫

青山绿水播下幸福果

美好的日子比蜜甜

青山绿水播下幸福果

美好的日子比蜜甜

高茂泉哟好风光

龙凤山青来，浑河水长

高茂泉哟好风光

柏油大道村前过

拔地钻天是白杨

高楼层层新

窑洞处处亮

脱贫致富奔小康

时代新模样

龙凤山松涛，浑河的浪

高茂泉哟好风光

改革走出新路子

种田种出新花样

大豆荚荚稠

玉米棒棒长

智慧农田显智慧

秋风抚金浪

凤凰山舞来，浑河水唱

高茂泉哟好风光

厂房建在村中央

产业加工有新创

荞面进北京

谷米下两广

扬眉吐气市场宽

五谷杂粮香

扬眉吐气市场宽

五谷杂粮香

董金堂 清水河县作家协会会员。文学爱好者，致力于本土文学作品创作，以阅读充实自己，用文字丰盈生活。

浑河岸边是我家

浑河水长来浑河水漾

浑河水流过咱家乡

风吹柳花两岸香

涌流的河水浪打浪

鱼儿欢快鸟儿唱

秀美的浑河边上好风光

石壁山险来当阳桥靓

浑河水流过你身旁

桥梁横跨河面上

飞驰的火车运输忙

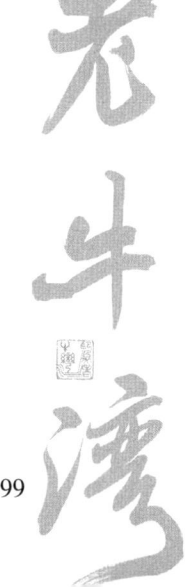

车轮滚滚笛声扬

踏山河与时俱进向前闯

白云飘来清风送爽

当阳桥库区碧水荡

芦苇护岸美荷塘

翩然的小船荡双桨

亮起嗓子把歌唱

真是个游玩的好地方

浑河水长来浑河水漾

浑河水流过咱家乡

我的故乡高茂泉

好山好水哟人气旺

龙凤山前谷飘香

来把乡村振兴的歌唱响

龙凤山前谷飘香

来把乡村振兴的歌唱响

杨玉明 农民，呼和浩特市清水河县人。清水河县作家协会会员。

老牛湾欢歌

粼粼清波清水漾漾

润泽厚土万物蓬勃生长

跨越长城旁，奔赴黄河浪

一条玉带串起岁月悠长

悠悠水韵缓缓流淌

福泽大地世间万象盛昌

四季常通畅，天地皆安详

春华秋实勾勒美好模样

葱郁山色相伴身旁

鼓舞大地岁岁永葆希望

沐浴文明光挥笔绘华章

踏上浪潮共赴梦想远方

啊，悠悠清水粼粼波光

啊，水韵绵绵清波朗朗

古韵融新风，儿女志如钢

山乡美如画，齐心向辉煌

向着那未来步伐多铿锵

李劲梓 在清水河县。文学爱好者,有小作偶见于地方、行业报刊。

岁月的歌

巍峨长城,静静守望你
滔滔黄河,紧紧拥抱你
悠悠清水河,自东向西去
流经摇铃沟,轻嗅满山馥郁
路过石碛口,倾听半塘蛙语
杏花漫野,晕染烂漫春景
海红满枝,点染斑斓秋意

葱郁老牛湾,恰似你眼眸
炽热老牛坡,仿若你血脉
悠悠清水河,从古流到今

蹚过柳青河，哼唱乡村老戏
穿过公主街，诉说岁月往昔
民族同心传递千古佳话
乡村振兴绘就崭新天地

清水河，悠悠清水河
欢畅的歌谣随风远播
清水河，悠悠清水河
幸福的时光岁岁如歌
未来的旅程一路欢歌
美好的故事永不落幕

> **张瑞秀** 就职于水河县交通运输局,清水河县作家协会主席。近几年撰写了大量散文作品,在各类平台及刊物上发表,多次获清水河县文化艺术成果长城奖。

半亩方塘

黄河岸边有座美丽的村庄

那里有我寻觅的半亩方塘

白墙灰瓦炊烟起

杨柳依依弄轻柔

风传细细香,流水绵绵情

风光无限柳青河,天涯我故乡

风传细细香,流水绵绵情

风光无限柳青河,天涯我故乡

黄河岸边有座美丽的村庄

那里有我寻觅的半亩方塘

晨岚夕照凭栏眺

河边码头嗅芬芳

风传细细香,流水绵绵情

风光无限柳青河,天涯我故乡

风传细细香,流水绵绵情

风光无限柳青河,天涯我故乡

轻舟泛泛游,戏腔声声醉

黄河儿女显身手,幸福永长流

轻舟泛泛游,戏腔声声醉

黄河儿女显身手,幸福永长流

幸福永长流

你好,清水河

一条街

一半烟火,一半诗意
三两行人,悠然走过
道一声早安
让温暖的爱飘进心田
啊——你好,清水河
我的家乡我的城
红泥火炉话年丰哟
石窑洞唱出幸福歌

一条河

流过远山,流过四季
满载柔波,一路向前
唱一曲春歌
让多彩的梦洒满大地
啊——你好,清水河
我的家乡我的城
田野乡村绘图景哟
大秧歌舞出好日子

啊——你好,清水河
我的家乡我的城
田野乡村绘图景哟
大秧歌舞出好日子……

一座城

一段历史,一段记忆
岁月沉香,传奇依旧
创一个奇迹
让勇敢的心追逐梦想
啊——你好,清水河
我的家乡我的城

黄河长城来握手哟

大峡谷蹚出致富路

一个梦

几许风雨,几许期待

植根沃土,开花结果

守一方净土

让信仰之光照耀前方

啊——你好,清水河

我的家乡我的城

红色故事永传唱哟

永远跟着共产党走

啊——你好,清水河

我的家乡我的城

红色故事永传唱哟

永远跟着共产党走……

董 韬 清水河县作家协会会员。喜读书，爱写作，好文学和书法。现就职于清水河县人社局就业中心。

我爱清水河的美

我爱清水河的美，
青山对峙夹碧水。
石桥流水映朝晖，
摇曳我心扉。
春事今又违，
楼前喜看燕双飞。
公园霞染夕阳红，
广场曼舞浑身醉。
凉亭对弈比智才，
悠然夏日惬意来。
城镇建设走在前，

文化生活乐开怀!

我爱清水河的美,
黄河岸边窑成排。
长城脚下树丰碑,
口子上修戏台,
曲韵随心金口开。
红色老牛坡,
革命火种播。
长城古堡徐氏楼,
烟雨仙灵气未衰。
柳青河龙盘黄河边,
宛如酣睡母亲怀。
君子渡口今犹在,
工业园区经济飞。
沿河公路多顺畅,
山城奋进前程美!

我爱清水河的美,
五谷杂粮很出彩,
小香米熬出油花花来。
海红果树满山栽,
果丹皮好吃没法说出来。
东山上的莜面,
西山上的糕,

思谋起来流口水，
人生美梦又重回。
山城气象难描绘，
靓景迷眼融心肺。
诗意家乡招客来，
佳词漫咏兴悠哉！

吕青沄 呼和浩特清水河县人。中共党员。爱好古典诗词、散文。

黄河岸边是家乡

弯弯的黄河水哟,

唱着欢歌来到我家乡。

弯弯曲曲多少回,

一弯明镜映村庄。

啊,黄河边老牛湾,

生我的地方,养我的地方。

喝着黄河水长大成人,

吃着小米饭淳朴坚强。

弯弯的黄河水哟,

亲吻大地哺育我家乡。

世世代代血脉传,

勤劳智慧承善良。
啊,黄河边老牛湾,
姑娘花儿样,英俊帅儿郎。
听着黄河的涛声长大,
哼着山曲调情深悠长。

一代又一代,
耕耘家乡,改变家乡。
筑起中国梦,
生活奔小康。
古老的民间传说,
今日的塞北三峡。
清风荡涟漪,
渔歌唱晚霞。
小舟游人醉,
峭壁喊山崖。
好一幅江南水乡图。

远方的客人哟,
那红红点点绿中掩,
是珍品海红果请你尝;
那酸酸甜甜一碗汁,
是沁人心脾的酸米汤。
啊,黄河边老牛湾,
碧水滢滢是家乡。

最美的歌儿唱给家乡

清清的河水哟温柔流淌，
美丽的名字哟是我家乡。
黄河的乳汁育儿善良，
巍峨的长城教儿坚强。
啊，清水河——
山清水秀物宝天华，
历史悠久文明辉煌，
改革开放人民安康。
噢，我的家乡，
我把最美的歌儿唱给您，
唱给您——美丽的家乡！

清清的河水哟蜿蜒流淌，
儿时的梦想哟今日实现。
曾经的窑洞高楼明亮，
旧时的土街柏油宽敞。
啊，清水河——
农村新貌鸟语花香，
山城锦绣旖旎风光，
人民福祉和泰盛昌。
噢，我的家乡，
我把最美的歌儿唱给您，
唱给您——美丽的家乡！

> **边俊杰** 内蒙古自治区作家协会会员，擅长报告文学、电视专题片、广播剧、散文、诗歌等方面的写作，作品多发表在新华网、《人民日报》《光明日报》《中国报告文学》《中国林业》等媒体。近几年撰写、拍摄、制作大型电视专题片10多部，创作发表报告文学作品20多部。作品获自治区"五个一工程"奖。

大美老牛湾

神牛犁出老牛湾，
九曲黄河一奇观，
灿灿阳光映壁辉，
叶叶小船起白帆。

绿水清流碧波翻，
水碧山黛绿翠酣，
湖光山色展画卷，
长城黄河手相搀。
啊，啊，
长城黄河手相搀。

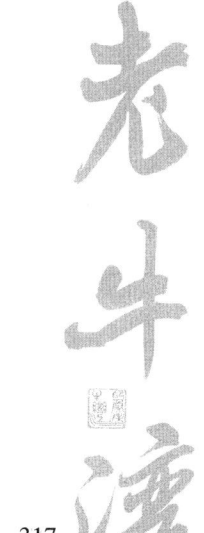

黄河鲤鱼味道鲜,
肉质肥嫩盘中餐,
五谷杂粮誉中华,
美食佳肴最解馋。

举杯畅饮老牛湾,
四海游客尽情酣,
湖心如镜瑶池现,
歌声飘荡黄河岸。
啊,啊,
歌声飘荡黄河岸。

峭壁峥嵘好河山,
人间胜景美不凡,
碧水长河奔月去,
蒙晋三峡赛江南。

自然古韵清水河,
黄河铸魂奏波澜,
天下黄河九十九道弯,
最美不过老牛湾。
啊,啊,
天下黄河九十九道弯,
最美不过老牛湾,
最美不过老牛湾。

李 洁 企业工程师。呼和浩特市作家协会会员，清水河县作家协会会员。撰写了大量介绍家乡风土人情及饮食文化的散文作品，发表于报刊及网络平台。

清水河畔唱新歌

村边的老井，

是否还在诉说昨天。

不见那蜿蜒山路上背水的身影哟，

自来水欢畅流进农家院。

屋后的石磨，

是否还在回忆曾经。

不见那泥洼路上老牛车哟，

柏油大道汽车摩托穿梭。

昔日的荒坡岭，

现今已绿满山川。
美丽的清水河,
仿若在为我们把颂歌传。

山村也有了广场哟,
跳起了欢快的舞蹈和秧歌。
土窑洞化作新高楼,
乡村振兴踏上了康庄路。

樊三毛 本名樊志忠,清水河县作家协会小说部部长。内蒙古摄影家协会会员,呼和浩特市作家协会会员,呼和浩特市电影家协会会员,清水河县宣传部(融媒体)特约通讯员。作品散见于各网络平台。曾多次获清水河县文化艺术成果长城奖。

清水河,我的眷恋

哗啦啦的清水河哟

清又清

冲破重山叠嶂越过黄土坡

千年的时光一路蜿蜒奔黄河

祖祖辈辈滋养着清水河的客

我们都深情唤母亲河

一辈又一辈岁月里铭刻

见证它往昔还有这蓬勃

忆起那洪荒泛滥的烂石滩

良田被蚀人们满心忧烦

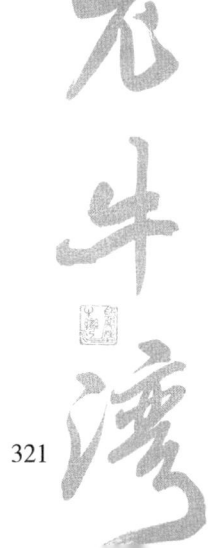

但一辈辈人前赴后继不停转

治理清水河工作未白干

看呐，绿水青山已化作金山银山

清水河哟流淌希望不再像从前

清水河哟清又清

山城处处好风景

晨曦初照蓝天相映美不停

燕儿林中轻鸣，水鸟河上欢行

人文胜景如诗如画醉人心

窑洞错落缀满那红石山

高楼拔地起尽显气派非凡

宜居山城满是生活的温暖

在这方土地生命不停繁衍

清水河的水波是记忆的弦

弹奏着岁月悠悠的思念

波光粼粼倒映着山涧

一路欢歌一路向前

汇入黄河再奔大海

这无尽眷恋都在清水河边

让人爱不够清水河的岁岁年年

清水河哟清又清

山城处处好风景

晨曦初照蓝天相映美不停

燕儿林中轻鸣,水鸟河上欢行

人文盛景如诗如画醉人心

就让这爱永远不停息

清水河的故事流传千万里

刘赞功 中共党员。清水河县作家协会会员，爱好文学，作品多次荣获清水河县文化艺术成果长城奖。发表各类文学作品近500篇，40余万字。

清水河恋歌

悠悠清水河，蜿蜒绕县城
波光四季涌，澄澈映天影
河水润沃野，黄土地丰登
岁月静静流，滋养故土情

亘古黄河魂，英雄气纵横
千年文明火，传承从未停
先辈的足迹，后辈来踏行
一路的故事，诉说着豪情

啊，美丽清水河

山水相依情似歌
奋斗绘锦绣，日子红似火
清水悠悠，是你温柔的脉搏

三河汇流处，根魂紧相拥
浑河携手行，共赴黄河梦
古勒半几川，也添几分雄
大地铺锦绣，风光各不同

儿女勤耕耘，幸福来播种
物产年年丰，欢笑满田垄
河水似乳液，滋养千万众
感恩在心底，回报意无穷

啊，美丽清水河
山水相依情似歌
奋斗绘锦绣，日子红似火
清水悠悠，是你温柔的脉搏

一辈又一辈，故事不停更
奋斗的史书，永远在书写
家乡的容颜，心中永不灭
清水河的美，世代都传说说

姜俊兰 呼和浩特市诗词学会会员，清水河县作家协会会员。爱好文学，偶有获奖。现居托克托县。

小城最美丽

有一座小城哟真美丽
她的名字叫作清水河
清清河水哟绕城过
依山傍水风光秀
小桥流水哟似江南
碧波轻漾惹人醉

有一座小城哟真美丽
她的名字叫作清水河
绿色食品哟美名扬
莜荞豆面蛋白丰

香米黍米哟营养足

人人食用身康健

有一座小城哟真美丽

她的名字叫作清水河

绝佳景区哟老牛湾

鱼米之乡日子甜

万里长城哟紧相依

文化传承数千年

有一座小城哟真美丽

她的名字叫作清水河

农村建设哟政策佳

柏油马路通村屯

农民致富哟奔前程

家家户户笑开颜

家家户户哟笑开颜

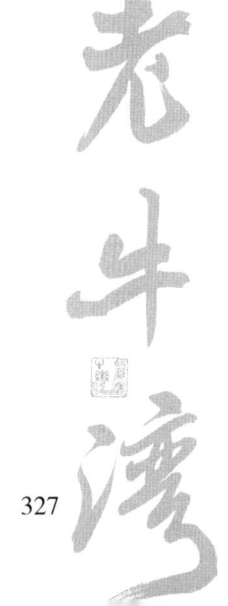

> **常美兰** 喜欢文学，爱好朗读、摄影。清水河县作家协会会员，作品发表于"清河创客"等平台。

山乡新韵

一道道梁峁一道道沟
一条条山路弯弯悠悠
山乡里人家错落分布
满心热爱这山川厚土
紧握锄头一双勤劳的手
老犁伴着憨厚老黄牛
山曲悠悠飘荡在坡头
汗水挥洒滋润着田亩
日出而作忙碌也满足
日落而息心中无忧愁
传统的文化岁月中坚守

村里人质朴情深厚

时代的车轮从不停留

改革创新加足了劲头

通村的公路宽敞又平厚

机器声响回荡在田头

桌上摆满佳肴和美酒

村头热闹跳起广场舞

生活变化日新月异好彩头

百姓踏上幸福的征途

党的好政策好似甘露

产业扶持农民迈向富足

漫山遍野绿树成荫铺

目之所及皆是丰收五谷

乡村振兴奏响胜利凯曲

大步流星向着小康奔赴

未来的日子光明又坦途

山乡处处展现新宏图

一道道梁峁一道道沟

一条条山路弯弯走

山乡里的人家一户户

爱这山来爱这土

心中的热爱永远在心头

山乡的明天辉煌又锦绣

后　记

　　这本文学作品集即将付梓，心中满是感慨。从最初的构思，到四处寻觅创作者，再到精心筛选稿件，每一个环节都倾注了众多人的心血，如今看着它逐渐成形，就像见证一个梦想的落地生根。

　　老牛湾，这个充满魅力的地方，是我们创作的源泉。这里，黄河水奔腾不息，长城蜿蜒巍峨，古村静谧祥和，四季更迭各有风情。每一位参与创作的作者，在踏入老牛湾的那一刻，都被它深深吸引。

　　我们收到了风格各异的稿件。有的作者用细腻的笔触描绘老牛湾的一草一木，展现其温婉之美；有的则以磅礴的气势书写黄河与长城的雄浑，尽显豪迈之情。每一篇稿件，都是作者对老牛湾独特的解读和深深的热爱。我们在筛选时，秉持着公正、严谨的态度，力求将最能展现老牛湾魅力、最具文学价值的作品收录其中。这个过程虽然艰难，但也充满惊喜，每当发现一篇佳作，就如同在沙砾中寻到一颗璀璨的珍珠。

在编辑过程中，我们也遇到了诸多挑战。如何让散文和诗歌在风格上既有统一的基调，又能展现各自的特色，如何对文字进行雕琢使其更加完美，这些都需要反复斟酌。但正是这些挑战，让我们更加深入地理解了每一篇作品，也让这本作品集更加成熟。我们与作者密切沟通，共同探讨修改方案，力求让每一个字都能精准地传达出老牛湾的神韵。

如今，这部作品集即将呈现在读者面前，它不仅是一本关于老牛湾的文学作品集，更是一座连接老牛湾与外界的桥梁。我们希望读者能通过这些文字，领略到老牛湾的自然风光、历史底蕴和人文风情，感受到创作者们对这片土地的热爱。同时，也希望这部作品集能为老牛湾的文化传播贡献一份力量，让更多的人了解它、向往它。

在此，感谢每一位参与创作的人，是你们用生花妙笔赋予老牛湾别样的生命力。同时感谢每一位在背后默默支持的朋友，你们的鼓励与帮助成为我们前行的动力。更要感谢内蒙古清河文化旅游开发有限公司，承蒙贵公司的鼎力支持，才让这个项目得以顺利推进，从构思走向现实。愿这本《印象》能走进读者的心中，留下难以磨灭的印记。

编　者

2025年3月7日

图书在版编目（CIP）数据

印象 / 中共清水河县委宣传部，清水河县文学艺术界联合会编. -- 呼和浩特：远方出版社，2025.6
（2025.11重印）--ISBN 978-7-5555-2181-5

Ⅰ．Ⅰ217.1

中国国家版本馆CIP数据核字第202553AN01号

印　象
YINXIANG

编　　者	中共清水河县委宣传部　清水河县文学艺术界联合会
责任编辑	蔺　洁
封面设计	李鸣真
版式设计	韩　芳
出版发行	远方出版社
社　　址	呼和浩特市乌兰察布东路666号　邮编010010
电　　话	（0471）2236473总编室　2236460发行部
经　　销	新华书店
印　　刷	内蒙古恩科赛美好印刷有限公司
开　　本	787毫米×1092毫米　1/16
字　　数	305千
印　　张	21.625
插　　页	8
版　　次	2025年6月第1版
印　　次	2025年11月第2次印刷
标准书号	ISBN 978-7-5555-2181-5
定　　价	68.80元

如发现印装质量问题，请与出版社联系调换